辻 真先

赤い鳥、死んだ。

実業之日本社

実業之日本社文庫

目次

GONSHAN. GONSHAN. 何処へゆく、
赤い、御墓の曼珠沙華《ひがんばな》、
曼珠沙華、
けふも手折りに来たわいな。

GONSHAN. GONSHAN. 何本か、
地には七本、血のやうに、
血のやうに、
ちやうど、あの児の年の数。

GONSHAN. GONSHAN. 気をつけな。
ひとつ摘んでも、日は真昼、
日は真昼、
ひとつあとからまたひらく。

GONSHAN. GONSHAN. 何故《なし》泣くろ。
何時まで取つても、曼珠沙華、

曼珠沙華、
恐や、赤しや、まだ七つ。

第五章　曼珠沙華《ひがんばな》——プロローグにかえて

1

秋の日は西に傾きながら羊雲を照らしていた。

ときおり吹く木枯らしが喪服の裾をひらめかせたが、その一瞬をのぞけば小春日和といってよく、会葬者の顔をゆるませた。焼き上がりを待つ時間の無聊《ぶりょう》さに耐えかねて、なん人もの男女が、待合室を出て日向ぼっこを楽しんでいた。長い影を曳《ひ》く足の間を、黄ばんだ銀杏《いちょう》の葉の群れが、カラカラと小気味よい音をたてて駆け去ってゆく。そのむこうに花を落とした曼珠沙華がなん本か、つくねんとならんでいる。彼岸花または死人花。寺や墓地に好んで育つが、晩秋のいまは茎だけが、この世に未練をのこすように、枯れもせず突っ立っていた。

火葬場のひょろ長い煙突が、淡い色の煙を吐き出している。

「あの煙の下で、おじさんが焼けてるのね……」

瑠々《るる》と呼ばれる女の子が寂しげな口調で、母親の早川兎弥子《はやかわとみこ》に声をかけた。ほんの少し首をかしげたポーズが愛くるしい。人の目をひく姿態を、毎朝のように鏡の前で研究しているのかと、疑いたくなるほどだ。だれであったか、女がもっとも美しく見えるのは喪服姿だといった。十一、二歳の年頃ながら黒一色のワンピース姿が大人びて、美少女の雰囲気をかもしている。布地の黒と肌の白のコントラストが鮮やかで、ロリコン気味の男なら間違いなく食指を動かすだろう。

「そうよ」

と、しんみりした語気で兎弥子が答える。

「煙の下で、さっき瑠々が見た柩《ひつぎ》が焼けているの」

「想像もしたくない」

深い同情をこめて、瑠々はつぶやいた。

「あんなにいいおじさんだったのに……きっと熱いでしょうね」

兎弥子はいい聞かせるような調子になった。

「死ねばそれでおしまいなの。死んだ人は、熱くも冷たくもないの」

「ママ、ひどい」

母に視線を送って、瑠々がにらみつけた。感情を圧殺した顔ぶれの中で、それは少々場違いだが新鮮な眺めといえた。

「好きだったんじゃないの？　おじさんを」

「よして！」

鋭い刃物で断ち切るような口ぶりに、傍らに立っていた万介《まんすけ》は、思わずどきりとした。それまで母子の会話に割りこむことなぞ考えもしなかったのに、ふりむいた視線が兎弥子にぶつかると、なにかいわずにいられなくなった。

「おばさん……」

「なあに」

即座に仮面をつけた愛想良さで、兎弥子が応じた。

「……兄さんは」

いいかけて、万介はちょっとあわてた。他人に向かって肉親に敬語をつけるのは誤りと、国語の教師にいわれたことがある。「兄は、いつもおばさんのことを話していました」

「お隣同士だったんですもの」

「おばさんのお隣にいられて、兄はうれしかったと思います」

「……お兄さんがおっしゃったの？」

「いいえ。ぼくが勝手にそう考えただけです」

「……」

白い顎をあげて火葬の煙を見上げた兎弥子は、すぐ視線を少年にもどして、片頰にそっとえくぼを彫った。

「でも、もうそのお兄さんはいらっしゃらないのね」

淡々とした、ひどく透明な口調を耳にして、万介はなにもいえなくなった。

なにが百　秋《ひゃくしゅう》こと兄の百男《ももお》を、死に追い込んだのか。原因は、兎弥子の存在だ。そう確信しながら、まだ中学生の万介に彼女の本音を問いただす術《すべ》はなかった。

万介にとって、兄は何者にも替えがたい存在だったのに。

三十六歳になるまで独身を通し、がむしゃらに童謡を書きつづけ、ようやく売れはじめた矢先に世を去った男が、北里《きたざと》百男であった。

次兄の千三《せんぞう》にいわせると落ちこぼれでしかない長兄が、万介には、二十一歳年上の強烈な印象の男性として、いまも彼の言行の端々を記憶の底に沈殿させていた。

2

「マンスケ。雲を見ろ」

万介が小学六年生のころ、勉強中の彼の部屋にはいってきた兄が、窓を開け放ったことがある。

「寒いよ」

季節は冬の真っ最中だった。

「寒いのは当たり前だ。だが今日の空は、当たり前じゃないぞ」

清澄きわまりない蒼空が、四角な窓枠のむこうにひろがっていた。

「きれいだろう、マンスケ」

やわらかな語気の兄の声を聞いていると、漢字の万介ではなく片仮名でマンスケと呼ばれるような気になったものだ。

「きれいだけど、寒い」

「文句をいうな。雲だ」

「雲？」

万介は目をぱちぱちさせた。いわれれば、刷毛《はけ》を走らせた程度にたよりない雲の筋が、なん本か漂っていた。

「あれがどうしたの」

「みごとなものだろう」

たしかに青空に白が浮彫りされたようで、色もフォルムも際立っていた。

「まあね……造形的な美を感じるよ」

しぶしぶ答えた弟に、百男が苦笑した。

「借りものの台詞《せりふ》なんか聞きたくないね。お前自身はどう思うんだ」

「どう思うって……」

兄貴はときどきこの種の禅問答をやる。慣れてはいたが、迷惑なときもある。

「なにに見える、というんだ」

「うーんと……川」

「川？」

「砂漠の川。川下へ辿《たど》ってゆくと、いつの間にか消えてしまう川があるって、兄ちゃん教えてくれたろう。砂地にもぐって水が涸《か》れてしまうって。あの雲もそうなんだよ。青い空を一枚めくると、裏側にうじゃうじゃ白い雲が集まってるのさ。きっとそうさ」

「まあいいだろう」

窓を締めながら、百男がニコチンで黄ばんだ歯を見せた。酒もやるが、タバコもやる男だった。

「千三に比べれば、まだましだ」

「千兄ちゃんにも聞いたの。なんていった」

「絹雲の一種だといった。もう一度聞くと、空中の水蒸気が微細な塵《ちり》を核として、凝結したといいやがった。文科系のくせに融通のきかん奴《やつ》だ」

「だってその通りだよ」

「その通りのことを聞きたくて、雲を見せたわけじゃない。せっかくお前たちからヒントをもらおうと思ったのに。あいつは頭が固くていかん。あんなことでは会社で……」

そこで百男は、にやりとした。「出世できるかもしれんな」

千三は百男より六つ年下だが、二年浪人したあげく二年留学して、けっきょく中途退学した兄より、ずっとまともな生活感覚の持ち主であった。当時すでに大学を出て、大手電機会社の営業部に就職していた。

万介だけ、兄弟にしては年の差がありすぎるのは、彼が異母弟だからだ。父の先妻は百男が小学生のころ病死した。万介の母は、その少し前から父の愛人だった。ヒステリックな性格の先妻と対照的に、彼女はおとなしやかな女性だったから、幼稚園児だった千三はすぐになついた。

百男はそうはゆかなかった。継母を毛嫌いして、父と争った。それでも万介が大きくなると、もはや彼の母親の悪態をつくことはなくなった。

兄が自分の母に含むところがあるのは、幼なかった万介にもひしひしとわかるだけに、百男の配慮をありがたいと思った。かえって千三のほうが、母の悪口をいったりした。

だが、それももう昔のことだ。

中学三年の万介がそんなふうに思うのはいくらか滑稽だけれど、中学にはいったばかりのころに生家が失火で焼け、両親ともに死んだためだ。

いまでは万介は、ふたりの兄と小さなマンションで暮らしている。

いや、今日から兄はひとりきりになった。

百男兄ちゃんはもういないんだ……。

そう思ったとたんに、涙がふつふつと湧いてきて、あわてて見上げた煙突が、おかしな形に歪《ゆが》んで見えた。

3

「……どうなんでしょうねえ」

我に返ると、兎弥子が自分に問いかけていた。

「え？」

「瑠々のことですよ。……学校で、どんなかしら。いじめられたりしてるんじゃなくて？　いつも下向いたきりで、歯がゆい子なんだもの」

「瑠々ちゃんは、頭がいいです」

いくぶん固くなりながら、万介は答えた。

彼の通う私立東西学園は、小中高と一貫教育をほどこしていたので、数年前まで瑠々といっしょに登校することがあった。ひとクラス三十人程度で少数精鋭主義を貫いているから、偏差値のレベルは問題なく高い。小学生の期末考査の結果が張り出してあるのを、下校途中の万介が気づいた。ほとんどの科目でトップに立っている早川瑠々の名は、三歳下の少女といえ十分に気にかかる――はっきりいって、それ以上の存在になろうとしていた。

早川家と焼ける前の北里家は、生け垣を隔てたきりの隣同士だった。だから万介と瑠々は、幼なじみということになる。北里家が燃えたとき、当然ながら早川家も類焼の危機にあった。それをくい止めたのは、百男の献身的な消火活動であったが、実はその間に、兄弟の両親は奥まった一室で焼け死んでいたのだ。

「火を消すより親を助けるのが先じゃなかったか？」

出張中で家にいなかった千三がそう呟《つぶや》いたとき、百男は目を真っ赤にしたきり一言もいい返さなかった。弟の語気が、自分を責めるというより見放したものに近かったことも、彼の心を傷つけたに相違ない。

いまになって万介は考える。兄ちゃんは、なによりもまず兎弥子を助けたかったのではあるまいか。

兄の百男が隣家の人妻に恋している、という噂《うわさ》は、中学に入る前から万介の耳にはいっていた。恋という言葉を、少年はまだテレビドラマの台詞か、純愛コミックの中でしか発見できない年代だっただけに、それが唐突に現実の生臭さを伴って至近距離に出現したときは、本能的に拒絶反応を示してしまった。

「兄ちゃんがそんなことするもんか」

ふだんの万介は大柄だが平和的な性格だったから、血相変えた彼を見て、友人はしり込みした。

「だって聞いたんだ」

「だれに聞いた」

万介は相手の胸ぐらをとっていた。「だれがそんなことを、いったんだよ！」

「瑠々……」

「なに？」

「だから、瑠々がいったんだ。私のママと万介の兄ちゃん、仲がいいって」

瑠々はまだ小学三年生だった。そんなちびに、なにがわかる。そのときはそういい捨ててすませた。むろん瑠々に、小指の先ほども悪意があったわけではない。それどころか彼女は、北里百男をおじさんと呼んでよくなついていた。

そうだとも。

百男兄ちゃんは親切なだけだ。

女の人や子供や小鳥など弱々しく生きる者たちに、やさしく手をのばそうとした、それだけなんだ。

二十歳あまりも年の違う弟万介を可愛がってくれた兄は、瑠々にとっても気のいい遊び相手だった。決して彼女の母親と親しくなる方便ではなかったと、万介は確信している。

家が焼けた後、北里兄弟は地下鉄でひと駅離れたマンションに移ったので、以前ほど親しく行き来することはなくなった。それでも万介は登校する度に瑠々を見かけるし、百男もときには兎弥子の話を、嬉《うれ》しそうに話すことがあった。

奇妙なのは、万介の記憶にまったく早川家の当主が現れなかったことだ。兎弥子はれっきとした人妻であった。夫の名を俊次《しゅんじ》といい、腕の立つカメラマンであることも知っている。それでいて万介は、ついぞ瑠々の父親に会ったおぼえがない。瑠々も父親の話をまるでしなかったし、兎弥子からも聞いたことがない。

子供心に触れてはいけない早川家の闇の部分のような気がしていた。転居するまで、万介はとうとう早川俊次という人物の顔すら見たことがなかった。

彼がどんな写真の名手であるか、知ったのはごく最近のことだ。クラスメートのひとりが、スキャンダラスな記事で有名な写真週刊誌を、教室へ持ち込んだ。その中に早川俊次が撮影したページがあったからだ。

驚いたことに早川俊次は、一流のネームバリューを持つカメラマンであった。ただし醜聞専門としてであるが。

雑誌が売り物にしている彼の写真は、二ページ見開きに拡大されて、粒子が荒《すさ》んだ男女のからみだった。解説によると、一流の舞台女優と歌手だそうだが、万介はどちらも聞いたことのない名前だった。テレビに出なくても、一流の役者や歌い手がいるということを、少年ははじめて知った。カメラマンの略歴も添えてあった。『暴露写真で名をあげた早川氏だが、彼の撮影対象になると落ち目だったタレントが再生のきっかけを摑《つか》むというので、意外に楽屋裏で好感を持たれる福相の写真家』うんぬん。

むろん少年たちにとって、そんなコメントは目にはいらない。貪るように、ヘアのどぎついベッドの写真をねめつけていた。

早川俊次の名に気がついたのは、万介ひとりのようだ。瑠々が父親の話をしないのも、無理はないと思った。

「あ……ママ、あれ」

少女の無心な声が、万介を回想から現実に連れ戻した。

瑠々が指さしている空を見上げて、万介も声をあげそうになった。

なにかが光っている。

光は糸状にのび、二メートルほどの長さを保ったまま、なん本か平行して飛んでいた。

万介は、死んだ百男に聞いたことを思い出した。

「聖女の糸だよ」

「聖女の……糸？」

瑠々が目をくるっと動かした。

「ああ。冬間近な季節に見られるんだって。クモがお尻から出した糸で、風に乗って空を渡ってゆくのさ」

「すごーい」

瑠々は無邪気な歓声をあげる。

「でもいま、万介くん、聖女の糸っていったじゃない」

年上の万介をクン付けで呼ぶのを、兎弥子は嫌ったが、当の万介はむしろ面白がっていた。

「中世のヨーロッパでは、クモの糸と知らずに、聖母マリアさまが天国へ昇るとき、着ていた衣装の糸がほつれた、そう思っていたんだって」

「ふうん。なんでもマリアさまと結び付けてしまうんだ」

「日本では〝雪迎え〟と呼ぶ地方がある。やがて雪のくるシーズンだから」

「よくご存じね、万介ちゃん」

と、兎弥子が褒めた。はっきりいって万介は、瑠々にクン付けされるより、彼女にチャン呼ばわりされるほうが、ずっと気分わるい。それでも中学生の万介は、不快感を笑顔でごまかす術を心得ていた。

「兄に教えてもらったんです」

4

「あの男は、役に立たないことをよく知ってました」

背後から声をかけられて、三人がふりかえった。待合室から出てきたのは、千三である。営業活動で服のセンスをみがいているせいか、黒のスーツがよく似合った。弟にひきかえ百男はなにを着せても似合わない男だった。まるで服のほうで、彼に袖を通されるのを拒否するように見えた。

「こんな時間までつきあわせて、申し訳ありませんね」

如才ない物腰の愛想笑いだったが、目だけは笑っていなかった。

「とんでもありませんわ。本当に残念なことをなさいました」

如才なさでは、兎弥子も負けていない。ほのかな笑顔に薄化粧が最大限の効果をあげている。万介は、ふたりが演技を競っているような気がした。その兎弥子に、千三がなにげなく尋ねた。

「ご主人はまだお帰りにならないんですか」

返答は即座だった。

「いつものことですから、心配もしておりませんが」

「あんな人、どうだっていい」

大人ふたりの間にはいって、背伸びした姿勢で瑠々がいうと、母親は困ったように微笑んだ。

「そんなことをいうもんじゃないのよ、瑠々」

「お願い、ママ」

驚くほど甲高い声を少女は出した。抜けるように白い顔が、はっきりと赤みを帯びて見える。

「あの人の話は、もうしないで。そういったでしょう、私」

ふだんの瑠々の声は、可憐《かれん》な容貌とうらはらにしゃがれ気味だが、万介はそんな少女のほうがずっと好きだ。ヒステリックに力んだときの瑠々は、苦手だった。兎弥子は周囲の人たちを気づかって、小声でたしなめた。

「わかったから、おとなしくしていて」

ふくれ顔の瑠々は、視線を万介に送った。その気持ちわかるよ、というように微笑してやると、気がすんだみたいにいつもの可愛《かわい》いおすまし顔にもどった。いまの瑠々ちゃんの態度は、決して褒められたものじゃない。むしろメッと睨《にら》んでやるべきだったかな。俺って女の子に甘いな。と、万介は考える。のべつ反省するのが、俺の特徴だ。その割に進歩がない。と、また反省してしまった。

千三が質問をつづけた。

「それにしても、まったく音沙汰ないんですか」

「はあ……」

「仕事の関係者がうるさくいってくるでしょう」

「ええ」

兎弥子がうなずいた。

「兄貴が死んだ日から……でしたね？」

心持ち千三の声が低くなった。

「はい」

うなずいてみせたが、すぐ不安を振り払うようにいった。

「長いときには、ひと月も音信不通だったことがありますのよ」

「しかしそれは、ご主人がまだ売れなかったころでしょう」

万介は千三をみつめた。

次兄としては珍しく、早川カメラマンの動静にこだわっている——いつもの千三なら、早川家は鬼門である。一流会社に勤めるだけに、スキャンダルの火種には、絶対かかわりたくないはずだからだ。

いつぞや万介は夢うつつで、兄ふたりの争いを聞いたことがある。自重を求める千三に対して、百男は驚くほどきっぱりと答えていた。

「兎弥子さんは、あの男のそばにいるべきじゃないよ」

「本気か、兄貴」

予想外にはっきりした答えを聞いて、千三はあわてたようだ。

「本気さ。……お前にはすまないが」

ベッドの中で目を閉じたままであったが、万介にはそのときの百男の顔を見たような気がした。先鋭さを感じさせる千三と対照的に、百男は丸顔で笑みを絶やしたことがない。おっとりした温顔に、いっそうおっとりした微笑——実際はそれに若干の照れくささが加わっていたものと想像されるが——を浮かべていたはずだ。

「俺に謝ることはないよ」

「表沙汰になったら、お前に迷惑がかかるかなと思ってね。まあ、いまのところ早川さんが俺の存在を嗅ぎつけた証拠はないし」

　万介は毛布の下で苦笑した。長兄ときたら、こんな場合にも相手をさん呼ばわりしている、と思ったからだ。百男は言葉をつづけた。

「かりに噂を聞きつけたとしても、お前の心配は無用だよ」

「なぜそう思う？」

「早川さんの目当てはいつも金だ。彼がスクープしたスキャンダルの半分は、金で解決して日の目を見なかったと、兎弥子さんが話している。ご承知のように、俺に金はない。火事になる前ならともかく、いまとなっては逆さにふって鼻血も出ない。まさかお前の会社に押しかけもしないだろう。お前が傷つく前に、警察へ突き出される。あの人は、痩せても枯れてもカメラマンだ。ゆすりじゃない」

「だが、もしあいつが兄貴と兎弥子さんの写真を撮って……」

「どこかの雑誌に載せるっていうのか？　あははは」

　楽天的な長兄は、野放図な笑いを溢《あふ》れさせた。

「スターとか社長とか、ネームバリューのある相手ならな。残念だがその点でも、俺は早川さんのスクープの対象になる資格がない。学習塾の名もない講師だぜ。せいぜい一度か二度、雑誌に童謡を載せたことがある程度の、詩人なんだぜ。俺なんざ撮ったところで、不毛だよ不毛」

「それはまあ……そうあってほしいものだが」

口ごもった千三の肩を、百男は勢いよくたたいたらしい。

「『桐《きり》の花』事件と俺の場合と、よく似てるんで心配なんだろう」

「そんなところさ」

しぶしぶ千三が答えると、百男は能天気といっていいほど、あっけらかんと爆笑した。

「あれはお前、この世の中に姦通罪なんて、セクハラもどきの罪が存在していた時代の話だよ！」

5

亡き北里百男は、三十余年の生涯を童謡の創作に賭けていた。

職業は彼自身が語った通り、学習塾の雇われ講師だったが、清貧の生活に終始し同僚が酒や女にうつつを抜かす間、原稿用紙にむかって日がな一日苦吟するのが常であった。

童謡を志したのは、まだ中学生のころだったというから、古い。『赤い鳥』誌に拠《よ》って、唱歌臭を拭い去った新時代の童謡をぞくぞくと生んだ国民詩人（と百男はあえてそう呼んでいた）北原白秋《きたはらはくしゅう》が、彼のアイドルでありターゲットである。

白秋なら、SMAPファンの万介でも知っている。彼の作詩による歌曲では、「この道は……」「からたちの花が咲いたよ……」「雨は降る降る城ケ島の磯に……」と、たてつづけに口をついて出るほどだが、兄に聞かされるまで『桐の花』事件については無知であった。

後年のマスコミによって、おなじころ上梓《じょうし》された白秋最初の歌集『桐の花』の名を冠して呼ばれるようになった、当時の文芸界を震駭《しんがい》させた事件とは、現在の常識に照らせばなにほどのスキャンダルでもなかった。

明治四十三年九月のことだ。引っ越し魔だった白秋が、いまの原宿に転居する。たまたま隣家に、松下俊子《まつしたとしこ》という人妻が住んでいた。大柄でコケティッシュな美貌の持ち主だった彼女は、夫の虐待と暴行になやんでいた。新聞社のカメラマンである亭主は、混血の情婦と同居したあげく、俊子を殴る蹴るの振る舞いにおよんでいた。俊子が隣に越してきた高名な詩人にひかれるようになったのは、無理からぬところだろう。柳川《やながわ》の旧家に育った坊ちゃん気質の白秋が、持ち前の正義感から彼女に深い同情を寄せたのも、当然の成り行きといっていい。

だからといってふたりが、簡単に結ばれたと思うのは早計だ。世は『失楽園』の時代ではないのである。彼と彼女は、あしかけ三年あえて肌を合わせようとしなかった。はじめてふたりが愛し合ったのは、すでに白秋が京橋へ転出した後だ。

ようやく夫から離婚を宣告された俊子が、郷里へ帰る道すがら、白秋を訪ねたその夜のことだった。離婚を告げられたのだから、まさか訴えることはないと思ったのが、青年詩人の油断である。

松下カメラマンは、白秋と妻俊子を姦通罪で告発した。法的に離婚が成立する前だったからだ。トンカジョン——柳川の言葉で名門の坊ちゃん——白秋はまんまと罠《わな》に嵌《は》まったのだ。

市ヶ谷の未決監に収容された白秋に対して、ごうごうたる世評の鉄槌《てっつい》が下った。盛名をそねんだ者が世論を煽《あお》ったこともあるだろう。示談が成立して未決監を出た彼を迎えたのは、文芸の汚辱者という呼び名であったとか。

明治のころのスキャンダルが、現在に通用するはずはないのだが、あまりの内容の酷似に、千三が不安を覚えたのだ。

もっとも、結果として彼の杞憂《きゆう》が的中しそうになったのは、不幸な偶然であった。ネームバリュー零だとうそぶいた百男に、突然の吉報が舞い込んだ。詩の専門誌として定評あるアリス社の『詩園』が主催するアリス大賞童謡部門に、受賞が決定したのである。

対象年度内に二編を掲載したに止まるのだから、ラッキーな受賞といえた。著名な詩人ひとりによる選考という独特の選出方法が、瓢箪《ひょうたん》から駒を生む結果となったものだ。

今年の選考委員は、言葉による律動で有名な定光寺《じょうこうじ》勤《つとむ》だった。

たまたま受賞作のうち一編に曲がつけられて、テレビゲームのCMとイメージソングに流用されたところ、好評を博した。流行に敏感な子供たちが、しきりと口ずさむようになり、気早なマスコミの数社が、たちまち百男にニックネームをつけた。

平成の白秋。

本人は大照れに照れただけだが、千三はてきめんに苦い顔をつくった。その理由が、万介には手に取るように読めた。

妻を寝取られた早川カメラマンは、なにも知らないのだろうか。そんなはずはあるまい。子供たちの学校にまで流れている噂なのだ。そしていま、百男兄貴はマスコミに乗った。醜聞を流すには絶好の機会だ。

平成の白秋、平成の桐の花事件。

受賞した部門が童謡というのは、致命的といえた。いくら不倫が大手を振って罷《まか》り通る世の中でも、童謡と人妻の浮気が両立するとは思われなかった。早川が、兄と兎弥子の写真を公開しようものなら、百男はかつての白秋どうよう社会的に葬られるだろう。

一縷《いちる》の望みは、早川がまだ公開するに足る写真を撮っていないことだけだ。

「くれぐれも油断するんじゃないぞ、兄貴。頼むから、彼女と寝るな」

滑稽な依頼を、百男は一笑に付したようだ。

「びくびくするなよ、千三。俺だって子供じゃないさ」

彼はそういうが、千三から見れば百男はまだ子供だ。万介の推察によれば——という注をつけての上だが、二十一歳下の万介が見ても百男は子供なのだから、千三の目に百男がトンカジョンとしか映らなくて当然のはずだ。実際に北里家は、両親の世代まで九州に住んでおり、土地の名家だったという。

だが、百男が死んだいまとなれば、いつ暴露写真がばらまかれるかという不安は、とっくに解消したといっていい。

そう……百男の死が自然に解釈できるものであれば。そしていますぐ早川カメラマンが顔を見せてくれれば。そのときこそ千三の心配は、完全に杞憂だったといいきれるのだが。

万介は千三の横顔を注目していた。仕事に追われている次兄の肌は、いつも荒れ気味だ。今日の彼は、この数日の激務——長兄の急死と煩瑣《はんさ》な葬儀の手続き——のため、いっそう疲れて見えた。目の下に隈《くま》ができている。だが彼のこわばった表情は、疲労だけが原因ではないとわかる。

万介には、なんとなく千三の考えていることが理解できた。

(兄ちゃん……兄ちゃんも疑っているんだろ？　百男兄ちゃんの死と、瑠々ちゃんの父親の失踪と、関係があるんじゃないかって)

聞き覚えのある女性の声がした。

「ここにいらしたんですか、北里さん」

6

「ああ」

ふりむいた千三が、すぐに頭を下げた。三十代と思われる男女が、黒いスーツ姿で並んでいた。

「白木《しらき》さん、名越《なこし》さん」

一度会っただけの相手でも顔と名を一致させるのが、有能なビジネスマンの特性なんだと、万介は納得した。少年の記憶にあるのは、アリス社の編集者ふたりということだけだ。千三といっしょに百男の授賞式で会っているはずなのに。

「遅くなりました」

固い顔つきで女が挨拶すると、男がすぐ後を引き取った。

「お通夜にもうかがえず、申し訳ありません」

「いえ」

と、千三が手をふった。

「一昨日の夜は、社長さんまで顔を出してくださって……こちらこそ恐縮しております。せっかく立派な賞をちょうだいしながら、なんのお役にも立たないまま、あんなふうに死んでしまうなんて」

次兄は簡単に〝あんなふう〟と表現したが、このふたりがどの程度まで、長兄の死の実態を承知しているのかと思い、万介は彼と彼女を見守った。俺はすぐこうなる……どんな突発事に見舞われてその瞬間は頭が真っ白になっても、じきに冷静になって周囲を観察しようとする。いつか長兄に「俺も千三も文科系だが、お前は理科系の人間だな」といわれたことがあった。

「あいにく一昨日は、白木くんは出張、私は印刷所に詰めっきりでして」

男がくどくどと言い訳している。そのころになって、やっと万介は女性編集者のフルネームを思い出すことができた。たしか、白木朝美《ともみ》さんだ。百男兄ちゃんのお尻をたたいてくれた編集さんだ。

大がかりな葬儀ならともかく、なみのおとむらいなら通夜の翌日が本葬になる。だが百男の場合は変死だったので、剖検《ぼうけん》が行われた。だから通夜は遺体抜きだったたし、遺体が帰宅するのを待って葬儀という段取りになったのだ。

名越は色黒のしなびたような小男で、背丈はたぶん万介より低いだろう。それに比べると白木は姿勢の良いこともあり、はるかに大柄に見えた。目鼻が顔の中央にくしゃくしゃと寄っている名越と、顔の道具立てがそれぞれ自己主張しているような白木とは、みごとなまで対照的だった。どちらかが上司にあたるのか、あるいは対等の立場で編集を進めているのか、わからない。ただいつか百男が漏らしたところでは、担当を買って出ただけに、白木のほうが彼の童謡により共感を抱いていたようだ。

「今日も間際まで仕事に追われていまして……とうとう出棺に間に合いませんでした」

弁解をつづけようとする名越を遮って、白木が空を仰いだ。

「あの煙」

みんなも彼女の視線につられて、秋空に淡くただよう煙突の煙を見やった。

「北里さんの煙なんですね……」

万感籠もる口調に、全員がシンとした。万介も瑠々も背筋をのばして、煙の行方を追う。はじめ濃灰色だった煙が、風に押されて色合いを薄め、じょじょに存在をなくしてゆく。淡灰色の流れが散開したと思うと、もうその先端は空の青さに溶け込んでいて、それ以上目で探ることはできなかった。

「おじさんが空に帰ってゆく」

瑠々がかすかにつぶやくと、その母親の目から一筋の涙がしたたり落ちた。はっとして少年は目をそらす。千三も頬になにかを光らせていた。兎弥子おばさんも、千三兄さんも、はじめ万介には冷淡に構えているように見えたが、内心では百男の死に激しいシヨックを覚えているんだ。ふたりの感情の流れを、子供のぼくが摑めなかっただけなんだ。そう反省するといっしょに、万介の瞼《まぶた》まで熱く膨れ上がってきた。

本当に、兄ちゃんは、あの空に昇って行ったんだろうか？

時は逝く、赤き蒸汽の船腹の過ぎゆくごとく。
穀倉の夕日のほめき、
黒猫の美しき耳鳴のごと、
時は逝く、何時しらず、柔かに陰影《かげ》してぞゆく。
時は逝く、赤き蒸汽の船腹の過ぎゆくごとく。

第〇章　時は逝く

ふと気がつくと、俺の体は燃えていた。

体ばかりか、俺が横たわっていた四角な箱まで、ぼうぼうと威勢のいい音をたてて、炎をあげている。

一瞬、俺は迷った。

ここはどこだ。

俺はこんなところで、なんの夢を見ているんだ。

――そう、夢。

馬鹿げたことに俺は、火に包まれている自分が、夢の中にたゆたっているものと信じ込んでいた。

だが炎は、そんな俺の夢まで焼き尽くした。

灰となってまき散らされてゆく夢の破片を、意識の片隅で追いながら、俺はやっと俺の置かれた立場を自覚しはじめていた。

俺は死んだのだ。

嘘《うそ》だ。そう叫んで体を起こそうとしたとき、すでに俺の体はどこにも存在していなかった。

では俺は、どうやって火の色を見、火がはぜる音を聞いているんだ？

茫然《ぼうぜん》とするばかりだ。ひどく滑稽な話だけれど、では、そうやって茫然としている俺とは誰なんだ？

意味があるようで全く無意味な疑問を反復しているうちに、いつかＳＦの一節を思い出した。それによると、死者はある時間枠の中で、生前の意識を保ちつづけるというのだ。残留思念とでもいおうか。人により場合によって、力の強弱は極端に違う。

俺についてはどうだろう。

なぜかこのまま死んだのでは、死に切れない思いがつきまとっていた。肉体を滅失させた俺が、意識だけ空間に漂わせたところで、なにになるか。そう考える一方で、この世にのこす思いの深さを実感できたのだ。

芝居の台詞にあった。魂魄《こんぱく》この世にとどまりて……という奴だ。

炎が納まりかけてきた。俺の体も俺を入れていた棺桶《かんおけ》も、すべてが無機物に化したいま、もう燃えるものがない。しばらくは熾《おき》になった赤い光がチロチロ闇と戯れていたが、最後の光が失われると同時に、暗冥が世界を支配した。

そのほうが精神を集中するには、好都合といえた。

あらためて俺は自分の死にざまを反芻《はんすう》するつもりでいた。

生前の俺はどんな人間だったのか。

名前は。故郷は。職業は。家庭は。年齢は。

記憶をまさぐろうとして、俺は狼狽《ろうばい》した。なんてことだ。名も年も身分も、なにひとつ思い出すことができない。

死のショックに耐えかねた俺は、それまで後生大事に抱えてきたはずの現実を、一切がっさいおっぽりだしてしまったとみえる。

真っ白になった記憶を確認して、俺は途方に暮れた。

ありもしない風が吹くと、俺は路傍に散った病葉《わくらば》みたいに、カラカラと悲しい音をたてながら、四方へ吹き飛んでゆくような気がした。

あわてて俺は、雲散霧消しかかった意識を、かき集めた。

だが、いけない。

まるでザルで水を掬《すく》うような有り様だった。集めても集めても片端から消えてゆく。みじかい間に疲れ切ってしまった。しょせん俺の現世執着はこの程度のものか。けだるさと無力感に覆われて、俺は半ば開き直っていた。

勝手にしてくれ。

神さまだか仏さまだか知らないが、生と死の世界を司《つかさど》る超越者に、直談判しようと思った。あんたが、俺は死んだというのなら、いいだろう……潔く現実を受け入れてやる。そうすれば天国だか極楽へ連れていってくれるんだな？

そこまで考えたときだ。

俺のまわりに光が満ちた。

そこは青空の下だった。気がつくと真下に巨大な煙突が立っており、てっぺんの丸い穴を俺に向けていた。

その穴からひっきりなしに吐き出される淡い煙が、俺の意識を掠《かす》めて流れ去る。

空中浮揚という言葉が浮かんだが、考えてみるといまの俺に肉体はないのだから、思考にしたがって自在に飛べるのは、当然であった。

試みに俺は下降を念じた。

飛翔の時間ゼロで、俺はまたたく間に地上の待合室へ着くことができた。大勢の男女が黙々と椅子に座っている。記憶のもどらない俺は、自分の遺族がいるのではないかと、あたりを漂流することにした。

畳敷きの部屋で座卓をはさんでいる家族がいたが、その前の湯飲みは冷えきっていた。深い悲しみに包まれて、茶を飲む気持ちにもならないようだ。いくら見回しても、その中に見覚えのある顔はない。中年の女性が喪主らしい黒いワンピースの女に、丁重な悔やみの言葉を述べていた。

「本当に残念なことをしましたねえ……お体はもうよろしいの？」

「ありがとうございます」

女は首が折れそうなほど、深々と頭を下げた。

「生まれてたった三月で……いってしまうなんて」

聞こえるか聞こえないかの、小さな声であった。

「いっそ私が身代わりになればよかった」

「そんなことをいうもんじゃない」

夫らしい、まだ青年といっていい男が、女の肩にそっと手を置いた。

俺は音もなく別なグループに流れてゆくことにした。生後三ヵ月で天に召された死者が、俺のはずはなかったからだ。

古ぼけたデコラのテーブルの前で、ひとりタバコをくゆらす老人がいた。彼の目はあらぬほうを見つめている。深い皺の刻まれた横顔にひかれて、俺は老人を観察することにした。俺という死者が、行年なん歳であったか知らないが、もしかしたら俺の父親ではないか。そんなふうに思えたからだ。

草履の音が聞こえて、喪服姿の女が急ぎ足で近づいてきた。

「お父さん、まだいたの！　みんな探してたのよ」

女は息を乱していた。「お母さんが待ってるわよ」

それから声を低めていった。

「お父さんに、早く自分の骨を拾ってほしいって……焼き上がったってアナウンスがあったから、みなさん炉の前で待ってらっしゃるわ。さあ」

父親の腕をとってせかせたが、老いた喪主は腑《ふぬ》抜けのように弛緩《しかん》した表情のまま、静かに連れて行かれた。灰皿にのこされたタバコから、焼き場の煙そっくりの紫煙がひと筋、ゆらめきながら立ち上がっている。

これも違う。

俺に顔があったら、苦笑していたことだろう。

俺はまたゆらゆらと移動していった。

十あまりの女の子と、その母親らしいがまだ十分に若く美しい女性が座布団に座っていた。この年齢には珍しく、女の子はきちんと正座している。揃《そろ》えた膝頭が磨いたようにつやつやしていた。

「なにを考えてるの？」

母親に小声で尋ねられて、びっくりしたように少女が顔をあげた。

「……なんにも」

「でも、ずーっと黙ったきりだから」

「ぼうぼうぼうぼう燃やされて、熱いだろうなと思ってた」

ちょっと照れたように笑って、つけくわえた。

「でも、もうなんにも感じないんだね。熱いこともないし、痛いこともないし……悲しいこともないんだね」

母親はなにもいわずに、娘の細い手をとった。それをぎゅっと握りしめた。力が入りすぎたのだろう、女の子は顔をしかめた。「痛い」

「ごめんね。……でも、これからは、あなたとふたりきりなのよ」

「うん」こっくりうなずいた少女が、ハンカチを持った手をのばした。

「涙」

「ありがとう」

素直に目尻を拭かせて、母親がちょっと笑った。

その笑顔と、目尻に浮かんだ皺が、俺の記憶を疼《うず》かせた。

これが俺の家族だったろうか?

だとしたら、予想以上に美しく愛らしい妻と娘であった。いまさらのように、俺は思った。こんな家族をのこしてひとりで死ぬなんて、とんでもないことだ。死にたくない! だがもう遅い。永遠に肉体を喪失した俺に、後戻りはできない。どんなにあがいてもあかしやの金と赤とがちるぞえな。
かはたれの秋の光にちるぞえな。
片恋の薄着のねるのわがうれひ
曳舟の水のほとりをゆくころを。
やはらかな君が吐息のちるぞえな。
あかしやの金と赤とがちるぞえな。

第一章　片　恋

1

「いいか、みんな」

自信に満ちた北里百男の声が、教室に響きわたった。

「まず最初は、生まれた年を頭に浮かべる……いいね？」

「はあい」

元気な子供たちの声で、教室が揺れた。

教室といっても、本物の小学校の教室ではない。駅前のエンピツビルの三階にある、もともと大人のための英語教室として使われていた部屋を、栄林《えいりん》学習塾が借り上げたものだ。

そこに小学生用の学習机を大量に持ち込んだので、木に竹を継いだ感は否めないが、黒板やプロジェクター、マイクなどの設備が十分なので、百男は満足している。

「ではその年に、4を足してごらん……できたね？」

「はあい」

「その答えを20倍する」

今度は即答できないとみえ、ノートに懸命に書き込む子供が目立った。

「つぎ。その数字に20を足す」

「できました」

「5をかける……さらに50を足す！」

「はい」

だんだんと計算のテンポが早くなったが、子供たちは真剣な目つきで、おいてけぼりにされまいとする。

「いいかね。その答えに今度は自分が生まれた月を足すんだ。出た数字を4倍しなさい。さらに40を加える」

「……」

もう子供たちは、返事をする余裕もない。ノートにむかって、一心にボールペンを走らせていた。

「そして×25だ。そこへきみが生まれた日をプラスしなさい」

「……」

「できたな？　それに足すこと416！」

「……」

「さあこれで最後だぞ。そこから56416を引く！」

「……」

しばらくの間黙り込んでいた子供たちの間から、やがてわーっという歓声があがった。中にはお互いのノートを見せ合う者もいる。

「どうだ。生まれた年、月、日がきれいに並んだろう」

ばらばらのはずの誕生日なのに、誰の答えも例外なく、自身の誕生年月日を示していた。

「これ、手品ですか先生」

興奮して質問する子供に、百男は笑って首をふった。

「そうじゃないさ。……算数なんて面白くないと思ってるかもしれないが、数というのは不思議なものだ。計算さえきっちりできれば、いくらでも遊んでくれるぞ」

「すごーい」

子供たち全員が数の奇跡に高揚している最中に、百男の講義時間が終わった。

「では、次の金曜日に」

「また遊んでね！」

無邪気な声に送られて廊下へ出ると、ちょうど隣の教室から国語の講師が出てきたところだった。

「お疲れさま」

なにげなく百男が手をあげると、ゴマ塩頭の才賀《さいが》講師はじろりと彼を見た。いやな目つきだった。

「お賑《にぎ》やかなことでしたな」

「あ……どうも。先生の講義を邪魔してしまったかな」

「なに、よその講義に気を使われることはありませんよ」

「はあ。それならいいんですが」

急ぎ足に講師の控室へ行こうとすると、呼び止められた。

「ですが、たまたま講義を見学にこられた父兄がおいでてしてね……あなたのクラスの声が少々カンに障られた様子でした。人には好き好きがありますからなあ。賑やかな教室がいいと思う人もいるし、シンとして机にむかっている教室が実があると思う人もいる。あなたがご心配になることはない」

「そうですか。どうも」

百男はこの中年者が苦手だった。ねちねちとしたものいい方は、子供たちに接するときもおなじだ。塾は学校ではないから、どんなに進歩のおそい子供相手でも、体罰を加えることは絶対にしない。その代わり厭味《いやみ》とあてこすりの限りを尽くして、子供が自分から塾をやめるように仕向けるのだ。

五年前まで進学校として有名な中学で教鞭《きょうべん》をとっていたから、有能な教師ではあるだろう。本能的に、これはできる子これはできない子と、一目で峻別《しゅんべつ》する能力を持っていた。栄林学習塾を志望する子供をふるい分けるのにもってこいの人物として、青木《あおき》理事長は高く買っていた。

講師のメンバーの中で、青木がもっとも低い点をつけているのは、私だろうと百男は思っている。彼の指導方針は、徹底して子供を遊ばせるものだった。学校という管理施設で窒息寸前に陥っている子供たちが、塾へきてまで勉強を強制されてはたまるまい。勉強はもともと他人に強いられるものではなく、持って生まれた好奇心を刺激してやれ

ば、海綿が水を吸うように、子供は面白がっていくらでも知識を吸収する。結果として
それが勉強をいちばん身につける方法だと、百男は信じていた。

だから彼の講義は、算数が対象のはずなのに、理科や歴史に脱線したり、家庭科や流行語の解説に話が飛んだりする。

子供たちの受けがいいことは確かで、それが理事長が百男をクビにできない唯一の理由かもしれなかった。

殺風景な控室にもどると、パイプ椅子に座っていた若い娘が腰を浮かせた。東西大学教育学部三年生で講師のアルバイトをしている、美山詩織《みやましおり》だった。卵型の小さめの顔にきりっとした目鼻だちが、純で一本気な性格を表現しているようだ。小柄で化粧っ気がないので、高校生に間違えられると笑っていた。講師の仲間ではただひとり、百男寄りといっていい考え方の持ち主である。

「北里先生……ちょっと」

窓際へ連れていった詩織が、声を低めた。部屋には数名の男性講師たちが小憩中だったが、全員が素知らぬ顔でスポーツ紙をひろげたり、手帳を繰ったりしていた。

「理事長室にきてほしいんですって」

「私に？　それはどうも」

「怒らせないでくださいね」

「え……」

びっくりしたように、百男は詩織を見た。彼女は真剣な目つきだ。もっともこの女性は、いつも真剣な表情だ。はじめて詩織が塾にあらわれたときは、腹を立てているのかと心配になったほどだ。だれであろうと視線をそらさず、相手の目をまじまじとみつめながら、全身全霊で話に耳をかたむける。それでいて、ときにおなかの底から哄笑《こうしょう》することがあって、ふだんの態度とあまりな落差に呆然とさせられたものだ。いつか百男がその話をすると、詩織は顔を赤らめた。

「私って、子供みたいでしょう」

「すてきですよ」

本心から百男はそういった。「あなたは可愛い」

わずかな間絶句した詩織は、やがておずおずとつぶやいて頭を下げた。

「嬉しい……」

可愛いというのは彼の実感であった。四十歳に手が届こうとしているのに、百男は結婚歴もなく、子供もない。だが、もし自分に娘がいたら、詩織のように純でウブな女の子に育てたい。そう思ったことはたしかである。

だが、それからしばらくして、午前と午後の講義を受け持った日に、詩織は百男のために弁当を作ってきてくれた。それもつづけて三度である。

生徒をしごくことしか念頭になさそうな才賀が、意外なほど目ざとかった。帰り道でいっしょになると、ゴマ塩頭を寄せてきた。

「美山先生はあなたにご執心のようですぞ」

シュウシンという言葉にどういう漢字をあてるのかピンとこなかったが、意味がわかって百男は苦笑した。

「十六も年が違うんですよ」

「だから彼女は、北里先生を頼りにしとるんでしょう……ご存じですか。あの子の父親はとうに死んどるそうです」

「ははあ。つまり私は父親代わりですか」

「いやいや。北里先生は女の気持ちがおわかりにならん」

「そうなんですか?」

そういわれて思い出したが、才賀は二度結婚して二度離婚した。女心に理解があるなら、離婚するような結婚をしなければいいのに。よほどそういいたかったが、やめた。百男は人と争うのが嫌いなのだ。

才賀に注意されてから気をつけて詩織を観察していると、まんざら穿《うが》ち過ぎでもないようだ。少女っぽい詩織の容貌の中で、自分を見つめる目の光だけが大人びて見える。彼女にはすまないが、百男のほうは詩織を異性として見るつもりはなかった。恋も結婚も、いまさらという気持ちがある。学習塾も生活のためにしぶしぶ続けているだけであり、家に帰ればすぐ机にむかって苦吟したい。あいにくふたりの弟は勤め人と学生だったから、時間の余裕があるのは百男だけだ。仕方なしに家事労働の真似事をする。自分の時間がとれるのは、どうしても午後十時を回っていた。

時間がほしい。

いつもそれを願っていた。

作詩する時間が。

2

気がつくと、詩織が持ち前の真剣な表情でなにかいっていた。

「……なんですもの」

「え、え？」

百男が目をぱちぱちさせたので、さすがに詩織もがっかりしたようだ。

「聞いててくださらなかったの、北里先生」

「すまない。ちょっとその」

「ですから、先ほど才賀先生の教室から怒って出て行った親というのが、区会議長だったんですよ」

「ははあ」

「ははあって北里先生。あなたのお講義が賑やかすぎると、理事長に文句をつけて帰ったんですって。世田谷ではトップクラスの進学塾と聞いてきたのに、とんだ見込み違いだって」

「なんのために、そんなお偉方がうちへきたのかな」

「もちろん自分ちの息子を、栄林学習塾に入れるつもりで……それが北里先生の教室の騒ぎで考え直すことにしたわけ」

「なるほど……理事長が腹を立てるのも当然だ」

「感心している場合ではありませんわ、北里先生」

詩織は本気で百男の免職を心配してくれている。その気遣いが胸にしみて、百男は嬉しかった。

「いいんだよ、美山先生」

「え……なにが」

「私は塾をクビになっていいと思っているから」

「どうして」

詩織が目を見張った。なみの女性より黒目の部分が大きく、それが彼女の凛《りん》とした容貌をひきたてているのだと、はじめて知った。

「食ってゆく自信がつきそうなので」

塾の同僚にいうつもりはなかったが、詩織だけは別だと思っていたので、素直に口から出た。

「……童謡のお仕事？」

「ええ、まあ」

「また雑誌に載ったんですか」

「雑誌に掲載されるだけでは、商売にならないけどね」

百男が微笑した。「幸運にも受賞が内定した」

「わあ！」

びっくりするほど、大きな声をあげてくれた。小柄な詩織の体が、兎《うさぎ》みたいに飛び跳ねて見えた。ひとりふたり、驚き顔でこちらを見た講師たちがいる。

「受賞なさったというと、どんな……」

「後でゆっくり自慢させてくれる？」

詩織なら、アリス大賞のことも知っているだろう。いつか『詩園』の話をしたとき、彼女は飛び飛びだったが読んでいたからだ。

「ええ、もちろん」

「じゃあ理事長室へ行ってくる」

「はい」うなずいてから、詩織が笑った。

「そうだったわ。北里先生になんの話をしていたか、忘れてました」

青木理事長との会話にいくらも時間はかからなかった。先週末に受賞の知らせを受けてすぐ、百男はいつでも塾を辞める決心を固めていたからだ。

意外だったのは、百男のアリス大賞受賞を聞いた青木が、しきりと百男に翻意を促したことだ。むろん彼の魂胆はわかっていた。童謡部門で賞をうけた百男なら、それなりのネームバリューで入塾志望者にアッピールすると、踏んだからに違いない。

争いが嫌いな百男は、青木の話を聞くだけ聞いた。熟考すると答えて控室にもどったが、決意はまったく変わっていない。

控室には受持ち時間を終えた詩織がひとりのこっていた。

「お話、聞きたい」

甘えるような口調が、彼女にしては珍しい。いつもの詩織は、蒸留水のように感情を殺した会話を交わすのが常だったからだ。

ビルを出たふたりは、しばらく歩いた。

塾の同僚や、子供たちの父兄が顔を見せそうな店は、敬遠したかった。

夏の終わりの日差しがきつく、汗かきの百男はシャツの背中に大きな染みをつくった。

「食事にはまだ早い？」

詩織がいった。「近くにおいしい店があるけど……」

「ごめんよ」

百男が困ったように答えた。「家に帰って、飯を作ってやらなきゃ」

「ああ……北里先生、弟さんたちの親代わりだったのね」

いつかその話を、彼女にしたことがある。

両親を失った男の兄弟なのだ。だれかが家事労働を引き受けねばならない。北里家の場合それが百男の役割だった。

「私の責任だから」

「責任……ですか？」

相手が詩織だったので、つい口走ってしまった。後悔しながら、百男はいった。

「私がぼんやりしていたから。隣に延焼しはしないか、それだけを心配して消火活動に協力していた。その間に」

「ご両親が」

反射的に聞いたことを、詩織もたぶん後悔したに違いない。

「ああ。いったんは外へ逃げたんだよ。それは確認したんだが……その後で、親父の奴、位牌《いはい》を取りにもどったらしい。おふくろが追いかけて……仏壇の前でふたり、うずくまったまま窒息死していた」

「そうだったんですか」

「親を死なせたのは、私の責任ということになる」

深刻な顔つきになった詩織をのぞきこんで、百男が白い歯を見せた。

「もうその話はよそう。そんなわけで、私は弟たちのメイドを務めなくてはね。私が馬鹿な真似をしなかったら、おふくろは元気に弟たちの食事の支度をしているはずだ」

「馬鹿な真似って、そんなことありませんよ」

詩織はムキになっていいはった。

「そのおかげで、お隣の家が助かったんでしょう?」

「そうだよ」

「お隣としては、どれほど感謝してもしきれるものじゃないわ」

「感謝してもらうつもりはないさ」

奥歯にものが挟まったようないい方が、詩織にはふしぎだったらしい。

(どういうことですか?)

反問したい様子だったが、百男は無視した。

「だから食事して帰れない、ということなんだけど」

「わかりました。だったらお茶だけでも」

「いいね。……というか、そのつもりで歩いていたんだ。少なくとも理事長や才賀さんたちが顔を見せない場所がいいから」

「私、知ってます」

詩織が明るい調子になった。「安くて美味《おい》しいところ」

〝ベル〟という名のその喫茶店は、小さなビルの二階にあって、目立たないが洗練された趣味の空間だ。東急新玉川線沿線は、若者が集まるシブヤの後背地に違いないが、戦前からの住宅地で成熟した町の雰囲気を保っている。そんな町にふさわしい、小粒で寡黙なレストルームであった。欅《けやき》の一枚板のカウンター席がメインの、鰻《うなぎ》の寝床みたいに細長い店舗だ。

「ふだんはあのカウンターだけど、今日は北里先生がいっしょだから」

顔見知りのマスターに聞かせるように、店の奥へ移動した詩織は、ひとつだけあいていたボックスに腰を下ろした。

「ここ、アルコールも飲めるんですよ。受賞祝いにいかが？」

「まだ外は明るいのに」

「だから美味しいんじゃありませんか」

本人以上に彼女ははしゃいでいた。〝ベル〟へ来るまでに、彼から受賞の内容を聞いたのだ。

百男も嫌いではないからすすめに乗った。ビールで乾杯するとすぐ、詩織が体を乗り出した。

「アリス大賞って、毎年ひとりが選考するシステムでしょう。今年はだれが選考委員だったのかしら」

「定光寺先生なんだ」

「ああ、童謡はリズムが命って主張している人ですね」

さすがに詩織はよく知っていた。

「そうだよ。幸運としか思えない……対象年度のうち、『詩園』に掲載されたのはたった二度あっただけだもの」

「そのたった二編が傑作だったんですよ。よかったわ、本当によかった！ 北里先生が、塾をお辞めになるのも当然ですわ。宮仕えなんか辞めて、どしどしお書きにならなくちゃあ！」

この人は自分のことのように、喜んでくれるんだな。百男の耳に、また才賀講師のいやみったらしい言葉がよみがえった。

「美山先生はあなたにご執心のようですぞ」

たしかにそうかもしれない。無粋な百男であったが、そんな気がしてきた。ありがたいことだ、というのが正直な気持ちであり、だからといって受け入れることができないのも確かであった。百男の胸にはまったく別な女性の面影が、住みついていたからだ。

遠慮がちに笑った彼は、詩織を制した。

「どしどし書くとおっしゃるが、書いても掲載されなくては困る」

「あら、そんなことないでしょう。アリス大賞をとったといえば、大したものじゃありませんか」

「いやいや。賞ひとつで世に出られるほど、この世界は甘くないから……せっかく大賞をくれたのだから、アリス社ではある程度扱いが違うだろうけど」

出端《でばな》を挫《くじ》かれたようで、詩織は口ごもった。

「そんなもんなんですか」

「そんなもんですよ。だいたい白秋先生の時代といまでは、状況が違う。大正リベラルの時世を背景に、新しい文学運動として認められた童謡は、いわば時代の最先端だった。白秋先生が、お仕着せの文部省唱歌に反対して、童心豊かな新時代のわらべ歌を作るといいきって、喝采を浴びた。だがいまの最先端といえば、テレビゲームじゃありませんか。さもなかったら、アニメだ。『ファイナルファンタジー』『エヴァンゲリオン』に飛びつく子供たちに、いったいどんな童謡を覚えさせようというんです」

「……その答えは、北里先生ご自身で出して下さらなきゃ」

たじたじとしたかに見えた詩織が、すぐさま反撃に出た。頭のいい子だなと考えてから、百男はうなずいた。

「もちろん、そうするつもりです。仮にも大きな賞をいただいたんだ。このチャンスを無にするようでは、なんのために童謡作家を志願してきたのか、わからなくなる……」

ビールを最初の一本で止めた代わり、百男はひっきりなしにタバコをくゆらせた。詩織が煙そうな顔をしないのをいいことに、たてつづけの喫煙だった。タバコの煙を伴奏に、百男は次から次へと夢を語った。そんなときの彼は、まったく質問者を見ようとしない。ただ憑《っ》かれたように、とめどなくイメージを膨らませ、それを翻訳した言葉が口を突いて、マシンガンのように飛び出してくる。

「いまの世の中で新作の童謡が払底しているのは、童心豊かな作詞者に乏しいからなんだ。……白秋先生もいったじゃないか、既成の文部省唱歌は、日本の風土、伝統、童心を忘れている。『西洋の詩、若しくは童謡をそのまま日本に将来しようとするのも誤っている。見識ある摂取と融合はいい、しかし身についた産土のにおい、風俗というものは決して等閑にすべきではない……』一見すると保守的な考えだが、そうじゃないと思う。情報過多の時代になって、だれもが自分の拠って来るところを忘れ去ろうとしている。国際社会に通用させようと、掛け声だけは勇ましいが、まごまごするとオウムみたいな存在を作りだすだけだ。……オウムといっても、宗教じゃないよ。自分の地声を忘れて人真似ばかりしている馬鹿な鳥だ。子供をオウムに育ててはいけない。だれもが、自分が生まれた土地の匂いを身につけるべきなんだ」

　百男のおしゃべりを詩織は決して迷惑がっていなかった。それどころか、頬をうっすらと染めながら耳を傾けている気配だ。義理で聞いたのではない証拠に、彼女は質問を試みている。

「白秋先生のいう風土や伝統はわかりましたわ。でも童心は別じゃないかしら」

「童心が別？　なぜ？」

「子供は無邪気で神に近い存在で、童心とは限りなく純粋で美しいものだ。……北里先生まさかそんなこと、思ってやしないでしょう？」

「……」

　思いがけない角度から反撃が開始されたと思ってか、百男は心持ち体をそらして詩織を見た。

「塾に通ってよくわかったわ。子供とはどうしようもないほど、エゴイスティックで、暴力的で、狡猾《こうかつ》な生き物なの。だからこそ私たちは、全力で子供に立ち向かおう、いつもそう思って塾のビルの階段を上がってゆくんです。世の中がこんなに複雑になって、情報が乱れ飛んで、アメリカのスキャンダルやアジアの災害が、直に日本の株価を動かす時代だもの、日本の童心だけが聖域でいられるはずはない。……そう思いません？」

　百男が笑顔になった。

「ぼくはもともと、タブーだの聖域だのが、この世にあるはずがない、あってはならないとまで思っている」

「だったら……」

詩織がいいかけるのを、百男は片手で制止した。

「むろん童心という代物も、アンタッチャブルじゃない。株価とおなじで日々動いているのが当然だよ。それだけによけい、ぼくの仕事は大切になる。いま現代を生きて、揺れ動いている子供たちの心を、どう摑むかってことだもの。白秋先生はトンカジョンを自認していた……」

「大家の坊ちゃんという意味でしょ。老境にはいっても詩人は最後まで童心を失わなかった。だからすばらしい童謡を次々と生んだ」

「そうだ。では白秋の童心とはなんだったろう」

「え？」

「一口にわれわれは童心という。大人になっても、童心を失うな。そういう場合の大人は心が汚れた者、童心とは無垢《むく》な心根の意味で使われている……あなたのいった通り、それは嘘だ。ぼくもそう考えるな。大人が大人の都合で、子供を既成の鋳型にはめ込んだだけじゃないか。そんなに無邪気で神に近い存在だったら、いじめなんか起きる余地がない。……だが白秋のいう童心は、そうではなかった。それはけっきょく、白秋の生まれ育った土地が生み出したものだと、ぼくは解釈している」

「柳川ですか」

「うん。いまでこそ廃市とまで呼ばれて、昔の情趣にたゆたう静かな小都市にすぎないけれど、昔は有明《ありあけ》の海に面した水郷として、独特の漁業で栄えた町だった。しかも白秋先生は、代々柳川藩御用達の豪商の家に生まれている。親の代では手広く造り酒屋をいとなんで、柳川きっての名家だった」

「だからトンカジョンなのね」

「そうだよ。そんな土地に生まれ、家に育った白秋だが、やがて北原家が破産すると、一家は逃げるように在京の白秋のもとへ集まった。以降二十年、白秋は故郷柳川へ帰っていない。彼をはぐくんだふるさとは、帰るに帰れないタブーの土地となって、郷愁がうずくままに過ぎていった。……白秋先生のいう童心は、そんな屈折の上に存在したんだね」

「わかります」

ぽつりと詩織がいった。「故郷は遠きにありて、だったんですね」

「帰ることができないとなると、いっそう故郷への思いが強まる。美しく儚《はかな》く朧《おぼろ》なふるさとを幻視して、白秋の童心は在ったたと思う」

「その結果の収穫が、『からたちの花』……」

「それ、それ」

　タバコを灰皿にねじりこんで、百男が大きくうなずいた。

「そのからたちだって、昭和初期まで柳川に実在していたんだ」

「まあ」

　詩織が目を大きくした。「知りませんでした」

「白秋が通った小学校の通学路に、からたちの老木があったらしい。田んぼの間を縫って歩く途中の脇道で、からたちが花をつけていたそうだ」

「あ……それがあの歌のモデルだったんですね」

「うん。あの先生の胸のうちには、帰りたくても帰ることのできない、だからいっそう燃え上がっただろう望郷の念が、ぎっしり詰まっていたんだ。その気持ちはわかる。ぼくもふるさとをなくした男だから」

「はい」

　詩織はうなずいた。

3

「お家《うち》が焼けたんですもの。白秋先生そっくりに。でも先生は、白秋とおなじじゃないわ。北原家は没落して、故郷から離れるほかなかったけれど、北里先生は違うもの。もとの町に帰ればちゃんと土地はのこっているんでしょう」

「土地は借地だった」

自嘲するような苦い口調だった。「その後は地主が駐車場にした。……ふたりまで焼け死んだところに、新しい家は建てたくないそうだ」

「あなたもそう思っているんですか？」

はじめて詩織は、相手をあなたと呼んだ。だが百男は、その変化に気がつかない……少くとも、そのふりをした。彼はひと言ずつ、まるで杭《くい》を打ち込むようにいった。

「他にどう思えばいいんだ？　ぼくはぼくの責任で、あそこで親を失った。ひと駅しか離れていない、おなじ区内を故郷と呼んでいいかどうかわからないけど、あそこに帰れば、その事実と否応《いやおう》なしに向き合うこととなる」

「向き合うべきです」

自分で考えていなかったほど、強い言葉つきになったからか、詩織はあわて気味につけくわえた。「亡くなられたご両親が、いちばんにそれを願っていると思います」

「美山先生」

ほろ苦い思いを微笑でコーティングした、百男の呼びかけだった。

「はい？」

「これがテレビドラマだったら、あんたに親を死なせたぼくの気持ちがわかってたまるか、そう陳腐な台詞を吐くところだけど……なにも知らずに死んだ親はそれを願っても、ぼくにはできない。ぼくは自分の心の底を知っているから」

「心の底」

「そうだよ。いまぼくは、親を死なせたといったが、より正確にいえば親を殺したというべきだ」

「北里先生！」

声が大きくなった詩織は、マスターに頭を下げてから、百男に向き直った。

「そんなことをおっしゃって」

「自分の悲劇を誇張していってるんじゃない。もともと俺は……ぼくは、そんな芝居っ気のない男なんでね。……」

この時点で百男は迷いつづけていた。いえば彼女に引導を渡す結果となるからだ。なにも知らない詩織は、彼の胸のうちまで大きく踏み込んできた。

「大げさだわ、北里先生」

「……そうかな？」

「そうですよ。先生、元気を出してください」

ああ、彼女は見当違いの方角にどんどん俺を連れてゆく。百男は内心焦っていた。このままではきっとしゃべってしまう、俺の秘密を。

「ご両親だって、悲しんでいますわ。早く元気になってほしいって。それが先生にできる親孝行じゃありませんか」

答える百男は、むしろ低い声になっていた。

「やめてくれよ」

「えっ？」

「あんた、どうしても俺にしゃべらせるつもりか……」

びっくりしたように、詩織は目をぱちぱちさせて黙った。百男の面持ちは、沈痛そのものだった。意外なほどぞんざいな口調に変化したのは、彼の露悪的な気分がそうさせたのだろう。

「いいよ、聞いてくれ。……隣の家に燃え移らないよう懸命になったのは、俺がそこの奥さんを好きだからだ」

詩織の顔に翳《かげ》が落ちた。表情が膠《にかわ》で固めたように硬直した。

「早川兎弥子という女性だ。女の子がひとり、いる。亭主はカメラマンでろくすっぽ家に帰らない。おかしいだろ、白秋先生が起こした姦通事件をコピーしたようなものだ」

「……」

詩織は息をすることも忘れたようだ。一杯に見開いた目に、百男の顔が映っていた。

「勘違いしないでくれ。俺は奥さんと体の関係があるわけじゃない……一方的に見つめているだけなんだ」

ほっと詩織が息を吐き出したのがわかって、百男もいくらか肩の力を抜いた。

「だから千三に、なぜ親の無事を確認しなかったかと責められたが、正直いってあのときの俺は夢中だった……兎弥子さんの家を救うことに」

「その人……」

詩織はしゃがれ声になっていた。「兎弥子さんという奥さん、北里先生の気持ちをご存じなんですか」

「たぶん、ね。前々から彼女は、亭主と離婚する気でいた。近頃は、相談を持ちかけられることもある。俺の気持ちに勘づいているからだと思う」

「……そうなんですか」

無理に自分を鼓舞しようとする気配だった。

「その人が旦那さんと別れたら……北里先生、結婚なさるおつもりなのね」

わずかに迷ってから、百男は明言した。

「そのつもりでいたんだが……いまは正直いってわからない」

あいまいな百男の態度を、単なる逡巡《しゅんじゅん》と見て、詩織は彼を励ました。

「そんなことおっしゃらずに。勇気を出さなくちゃ、北里先生」

にこやかにいい、壁の時計を見上げた。

「お食事の支度なさるんでしょう？　そろそろ出ましょうか」

伝票を手に先へ立った。彼に背を向けた姿勢で、手にしたハンカチでそっと頬に光るものを拭った。百男はまた、知らないふりをすることにした。

4

「よくない」

あっさりと瑠々はいった。毎度のことだが、情け容赦のないモニターであった。

詩を書きつけた原稿用紙を前にして、百男は頭を抱えるほかない。西日がさしこむ彼の部屋はクーラーの効きがわるく、汗の粒が額に光った。

「そうかね。つまらないかね」

「ぼくは割りにいいと思うけどな」

万介が味方してくれたが、瑠々はニべもない。

「ダメよお。瑠々の友達に聞いたら絶対にいうわ。アニメの歌のほうがずっといいって」

断言されると、万介も自信がない。中学ではミステリ同好会の副会長をつとめているが、童謡とあっては相手がわるい。

「わかった」

百男はいさぎよく旗を巻くことにした。小学生の女の子に拒絶反応を起こさせる詩が、童謡のはずはないのだ。原稿用紙を丸めて屑籠《くずかご》に入れようとしたが、とっくに満員だったので仕方なく座卓の隅に置いた。

「ワープロにすればいいのに」

と、万介。若いだけあって、新しいメカにそこそこ首を突っ込んでいる。百男が首をふった。

「担当に反対されたばかりさ」

「編集の人が？　どうして」

「歌や文章が、はじめて目に触れたときもう活字になっているというのが、馴染《なじ》めないそうだ」

「古い」

万介が笑った。「そんなことというの、編集さんが」

「少なくとも、俺の原稿は手書きがいいとさ。それだけ俺の筆跡に魅力があるんだ」

兄はいばるが、子供みたいに稚拙な字だから、万介は失笑した。

「読みやすいことは、たしかだけどね。その人、いくつなんだ」

「三十……半ばだろう。俺は女の年をあてるのが苦手だ」
「なんだ、女性なのか。独身？」
「そのはずだ」
「でも子供、好きなんでしょう」
「そうらしいな。子供は天使だといっていた」
「ガキが天使？　本気でそう思ってるの、編集さんは……だったら天使は彼女のほうだ」
「なかなかいうじゃないか、マンスケも」
「俺、まだ子供の部類だからね。知ってるんだ、子供の正体」
「どう知ってるんだよ」
兄の追及に弟が答えようとすると、唐突に瑠々が歌いはじめた。
「タンスに激突タラちゃん
鼻血ブー
タンスが倒れてタラちゃん
下敷き
みんなが笑ってる
タラちゃんもがいてる

ルールルルルー
あしたはお葬式」
「瑠々ちゃん、それ……」
百男が喉を詰まらせると、万介が瑠々に代わって解説した。
「『サザエさん』の替え歌じゃん。へえ、まだそんなのはやってるんだ」
「まだっていうと、マンスケも知ってたのか」
「うん。俺が小学校のころからあったよ。こんなのもあった。
公衆便所にはいったら
紙がない
財布を開けたら
千円一枚
拭いたらもったいない
拭かなきゃ帰れない
ルールルルルルー
今日は悲惨な日」
歌い終わって、万介がにやりとした。
「これが現代の童謡さ」

「……なるほどね」
怒るかと思いのほか、百男は冷静だった。
「じゃあきみたち、こんなの知ってるか？
あかりをつけたら消えちゃった
お花をあげたら枯れちゃった
五人囃子《ばやし》が死んじゃった
今日は楽しいお葬式」
「あ、聞いたことある」
瑠々がすぐうなずいた。
「ひどいもんだね」
笑いながら、万介がいった。
「昔から替え歌って残酷だったんだ」
「さもなければ、人を笑いものにする。盗みや喧嘩《けんか》や、してはいけないといわれたことを、片端から歌にする。こんなのもあったぞ。
むかしむかし浦島は
助けた亀に連れられて
龍宮城へ行く途中

息がつづかなくて死んじゃった……」

「それ、元の歌はなに」

万介に真面目な顔で聞かれて、百男は戸惑ったようだ。

「え……『浦島太郎』の歌じゃないか」

「ああ、それなの。ウラシマ効果の名前のもとになったメルヘン。ふうん、そんなのにテーマソングがあったんだ」

今度は百男のほうで理解不能になった。

「なんだ、そりゃあ」

「知らないの、兄ちゃん。光速に近いスピードの宇宙船がさ、地球と星の間を往復するじゃない。地球にいた人間が五十年歳《とし》をとっても、宇宙船の乗組員にとっては五年経過しただけ……こんな場合を、ウラシマ効果っていうんだ」

「まったくお前は理科系だな」

唸《うな》るように百男はいったが、万介はこともなげだ。

「それくらい常識だぜ。兄ちゃんに『エヴァンゲリオン』の終末観を理解しろといわないけど」

「勘弁してくれ」

百男は手をふった。童謡に打ち込んでいるからといって、平成の若い文化を包括して理解しているとは自覚していない。『もののけ姫』をフォローするにもひと苦労なのだ。そんな兄貴を、万介は余裕をもってながめた。

「兄ちゃんにわかる児童文化は、『アラジン』以前のディズニー止まりだもんな」

「まあな」

百男は肯定した。

『白雪姫』にぞっこんだったのが昨日のような気がする。ごく最近、百男は『スノーホワイト』を見た。『エイリアン』シリーズのシガニー・ウィーバーが、継母を演ずる映画だ。ディズニーのアニメより、こちらのほうがグリム童話の神髄を伝えていると知って、彼は戦慄した。グロで残酷で刺激的で、あらためてヨーロッパの肉食文化の脂っ濃さに辟易《へきえき》させられた。

腕時計に視線を落としてから、瑠々がいった。

「替え歌で死ぬ場面が多いの、当たり前よ。『たまごっち』だってほっておけばバタバタ死ぬでしょ。ＲＰＧのヒーローなんて、私へたくそだから三十回は死なせたわ」

「テレビドラマ見たって、死んでるし殺してるし。それが残酷というんなら、世の中は残酷テレビと残酷新聞と週刊残酷ばっかじゃないか。それでも俺たち子供は、負けずに生きているんだぜ。昔子供だった大人たちよか、よっぽど大変なんだ。同情してほしいよ」

すかさず瑠々がいった。

「同情するなら金をくれ」

「古い！」

万介に笑われると、瑠々はちょっと恥ずかしそうだった。

「アダチユミは、もうガラカメやってるもんね」

「ガラカメ？」

「『ガラスの仮面』、美内《みうち》すずえよ……私、帰る」

時間を気にしていた瑠々が立ち上がった。地下鉄でひと駅といっても、以前のように生け垣を越えれば自分の家というわけにゆかない。今日は土曜日なので、兎弥子夫人調製のお惣菜《そうざい》を届けにきてくれたのだ。

「俺、送ってゆく」

「万介くんが？　いいよ、子供じゃないもん私」

瑠々が口をとがらせたので、万介は不承不承に腰を落とした。玄関に出た瑠々はゆっくりした動作で、真紅の靴に足を収めた。ひと駅だけのお使いでも、髪飾りといい靴といい、ちゃんとお洒落《しゃれ》している。万介を意識しているのかなと、微笑ましく見守っていた百男に、少女は丁寧に頭を下げた。

「お邪魔しました」

「いやいや。ママによろしく。ご馳走《ちそう》さまでした」

「はい。……あ、忘れてた。童謡で受賞したニュース、ママが新聞で読んだって。おめでとう、おじさん。でも信じられない」

万介が声をあげて笑ったので、百男は弟の頭をコツンとやった。

「信じないのは瑠々ちゃんの自由だが、おじさん呼ばわりは悲しいな。どう、お兄さんにしてくれないか？」

そういわれて瑠々が小首をかしげた。

「いつかおじさん、私のパパになるかもしれない……お兄さんなんて呼んでいたら、そのとき困るもん」

言葉を失った百男を心配そうに見た万介が、瑠々をにらんだ。

「兄ちゃんをいじめるなよ。この年頃の男って、純情なんだぞ」

「あははは」瑠々はけたたましく笑った。

「ジョーク、ジョーク！」

そしてまた百八十度表情を変え、丁重な物腰で挨拶した。

「お邪魔いたしました」

玄関のスチールドアが音を立てて閉じられた後まで、百男は腑抜けのように立ち尽くしている。

坊やよ、おききよ、おぼえとき。
父さん貧しいその時は、
お米が七粒、銭が無い。
一羽の雀に粒一つ、
七羽の雀に粒七つ、
雀は啼き啼き食べてゐた。
父さんほろほろ遊んでた。

（お米の七粒）

雀のおまんまお米粒、
わたしのおまんまお米粒、
雀もちよっちよとたべてゐる、
わたしもぽろぽろはさんでる。
雀のおまんまもう無かろ、
わたしのおまんまも無くなつた。

（まづしい御飯）

第二章　雀といっしょに

1

「兄貴」

万介に声をかけられて自分をとりもどした百男は、まだどんな顔をすればいいかわからないようだ。

「……参ったな」

「そうかい？」

万介は乗ってこないが、百男はひとりでしゃべりつづけた。自分だけでショックを受け止めるのは、心細いらしかった。

「瑠々ちゃん、前から気がついていたのか……ということは、兎弥子さんにもミエミエだったんだ。……だが旦那はどうだ？　いや、俺みたいな無名の人間を相手にするはずもないか。白秋先生の場合は流行の先端を行く詩人だったから」

「油断できないよ」あっけらかんとして、万介がいう。

「兄貴、『詩園』の賞をもらったから。時代が要請する童謡詩人、なんてことになったら、カモられるぞ」

「馬鹿いえ」

百男はもとの椅子に座りこんだ。土曜出勤の千三が帰宅するまで、まだ時間がある。キッチンにはいるのは、それからで済むと思っているようだ。主菜のメンチカツは、揚げたてを瑠々が持ってきてくれたのだから。

「アリス大賞程度の受賞者では、早川さんの食指は動かんさ。……その賞自体、まだもらった実感がないんだ」

授賞式は次の週末に決まっていた。自分の目で賞状を確認するまで、このウブな詩人は頬をつねりっ放しなのだろう。万介がうなずいた。

「俺だってさ。瑠々ちゃんにけなされるような詩人の兄貴が、なんだって賞をとったのか……定光寺って選考委員、前から知ってるの？」

「知らないよ。児童文学の世界では、雲の上の人だぞ」

「ふーん」万介が鼻を鳴らした。

「児童の俺が知らないのに、そんな評論家が雲の上か？　高すぎて見えないんだね、きっと」

「マンスケが児童って面か。自動販売機みたいな顔しやがって」

やっと百男は、いつもの調子を回復してきた。

「なんだよ、その自動販売機みたいっての。……だいたい、いまの児童文学は時代から遊離してるんじゃない？」

万介は、生意気盛りの年頃である。

「お、いってくれるね。どう遊離してるというんだ？」

「少年Aが凶悪な罪を犯したというんで、マスコミは上を下への騒ぎだろ。そんな中で、少年少女向けの話や詩を書いてる人の声、さっぱり聞こえてこないもん。俺たちは無力と思ってしょげてるのか、反省ヌキで無菌培養の話を作りつづけるのか」

「お前なあ」

ガタッと音を立てて椅子に座りなおした。

「なにも知らんようだからいっとくが、児童文学が無菌培養というのは、偏見だぞ」

「そうかい？　だけど事件が起きる度に、教育委員会だのＰＴＡ全国協議会だのが、きまっていうじゃないか。マンガやアニメの行き過ぎが、子供たちの罪悪感をなくしている、命の大切なことをなぜ教えないのか……俺、思うんだけどさ。対人地雷禁止条約をほっぽらかす国のほうが、ずっと命を粗末にしているよ。大人はそっちに文句をいうべきじゃないか？」

「子供が偉そうにいうな」

百男が弟をねめつけた。——と思うとたちまち、にやりとした。

「とまあ、大人の大半はそういうだろうがね。安心しろ、俺はそうは思わない。だがマンスケの誤解は、きっちり指摘しておきたいね」

「なにを誤解した？　あ、無菌培養っていったことか。だってそうだろう……」

いいかけるのを、百男が兄の貫禄《かんろく》で押さえつけた。

「まあ、待てよ。童謡をはじめ日本の児童文化は、お前が考えてるよりずっと懐が広いんだ。牙を抜かれたように感じるのは、敗戦後の特殊な現象だと思ってる。社会体制がガラガラ変動して自信をなくした大人どもが、唯一自分たちで押さえ込める子供の世界に口出しするようになった。そのせいだよ」

「兄貴はそういうけど、白秋だって書いた詩は、雨雨降れ降れ母さんが……だろう？　雪の降る夜は楽しいペチカ……だろう？　ホームドラマ万歳の古臭い童心じゃないか」

「ふふん」

百男は笑ってのけた。「お前の知ってる白秋先生は、しょせんそんなもんか」

「じゃあ、兄貴が知っている白秋はどんなのさ」

「うん。……」

と、そこで百男は自分の記憶を整理するかのように、いったん言葉を切った。

「『桐の花』事件によって名誉を失墜させられた白秋に、追い打ちをかけるように、生家が破産した。職を失った親や弟たち一族全員が故郷を後にした。白秋の詩境が、それまでの享楽的なムードをかなぐり捨てるのは、この時期だ。いっとき白秋先生は、自殺さえ覚悟したらしい」

「へえ……そんなことがあったのか」

「大正二年には、死を思って三浦半島に渡った。だが世間の非難に負けて自殺するには、白秋はおおらか過ぎた。骨の髄からトンカジョンだった。『朱欒《ザンボア》後記』に書いている。『どんなに突きつめても死ねなかった、死ぬにはあまりに空が温かく日光があまりに又眩しかった』……死ねない白秋を襲ったのは、徹底した赤貧の生活だった。白秋は毎日のように雀を見て暮らしていたそうだ。かつての『邪宗門』時代、絢爛《けんらん》たるボキャブラリーを駆使した彼とは別人のように、自然を観照する暮らしがつづいた」

「まるで一茶《いっさ》だね。われときて遊べや親のない雀。……」

「その通りだよ。俺にいわせると、白秋先生の童心を培ったのはこの時代だ。いや、故郷柳川にはぐくまれた先生は、いつになっても童心をうちに抱え込んでいた。あまりに流麗で技巧的だったため、その特徴が表立つことがなかった。だが貧しさに耐え――というより貧しさと仲良くすることで、白秋先生のもともとの素質がきらめき出た。そう思うんだ」

どちらかというと口数の少ない百男が、児童文学については饒舌《じょうぜつ》になる。それだけ打ち込んでいるんだなと、万介は感心した。

「そこでさっきのマンスケの言葉にもどるが、白秋先生はきみのいうように『童心』という言葉を大人の都合だけに当てはめて考えていない。……たとえば彼は、はじめて学校にはいったとき、そこに聳《そび》えていた黒い冠木門《かぶきもん》を見て泣いた。いかめしい門だったし、白秋は頭はよかったが神経過敏だったから、異様な門のたたずまいに恐怖というか、圧迫感をおぼえたんだね。そのときの体験が、生涯トラウマとしてのこった。彼にとって学校とは、大人が子供のために造った牢屋《ろうや》だった。これが白秋の、のちに童謡を作るときの態度を決定している。彼にとって小学唱歌は、はじめから忌むべき存在なんだ。大人は子供の自然な発育を、愛のまなざしで見守ってやればいい。『昔から子供が自然と歌いだした童謡は実にいいのがあります』と、彼はいっている。『子供に帰って歌ってください』ともいう。これは〝赤い鳥〟で童謡を募集したときの言葉なんだけどね。大人によって童心に枠をはめた文部省唱歌は全廃しろなんて、極端な主張をしているくらいさ。

「……」

母ちゃん
母ちゃん

どこへ行た
紅い金魚と遊びませう
母ちゃん
帰らぬ
さびしいな
金魚を一匹締め殺す
まだまだ
帰らぬ
くやしいな
金魚を二匹締め殺す

——これは白秋が〝赤い鳥〟に発表した歌だよ。それも童謡として」

「げっ」

本気で万介はたまげた。

「彼は、残虐性すら児童の成長力の一面ととらえていたんだ。いまの大人みたいに、童心即無邪気で神に近い境地だなんて考えていたわけじゃない。

『子供より見れば石もまた自分とおなじ生命を持った溌剌《はつらつ》たる活動体である。（中略）子供こそ真の詩人である』

石だって動く……アニメーションの定義そっくりじゃないか。『彼らは全く好奇心に富んでいる。残虐をも敢えてする。（中略）彼らは真に彼らの遊び相手たる生物共を愛する。飽きる。殺す。しかしていいよいよ彼らは太る』……

白秋は喝破している。子供の世界は、本来そういうものなんだ」

突然百男が妙な手つきをして、たどたどしく歌いはじめた。

「嫁さん嫁さん
父《とと》が死んだから
一杯泣ーきな。
嫁さん嫁さん
父が死んだから
二杯泣ーきな。
嫁さん嫁さん
父が死んだから
三杯泣ーきな。……」

呆気《あっけ》にとられている万介を見て、百男は笑った。

「このまま十杯までつづけるんだ。子供の手鞠《てまり》歌だよ。……江戸の昔にこんな歌が、ではどのあたりで歌われたと思う？」

「わかんないよ、そんなの」

「浦安だ」

皮肉な笑いを唇の端に乗せて、百男が教えた。

「衛生無害、どんなやかましやの親でも笑って許す、天下のディズニーランドがある町で、こんな歌を歌って手鞠をついていたんだ、おなじ世代の子供がね」

「……」

「いまのは手鞠歌だが、子守歌にもシビアな奴がある。

こちの子供はかしこでござる、
起きて泣く子は面にくい
面のにくいやつジャンジャン馬《ま》に乗せて
槍《やり》や刀で突き殺す……」

「すごい」

万介は口笛を吹いた。学校では決して教えてもらえない、その昔の児童文化の一面を見た思いである。

「子供の残虐性を応援してるわけじゃないぞ」

笑みを含みながら、百男は弟をにらみつけた。

「不甲斐《ふがい》ない大人が、残酷行為をしてのける子供を発見して、あわてふためくのが滑稽だというんだ。子供が本来持つ迸《ほとばし》るような生命力を見極めて、プラスの方向に育ててやるから、大人じゃないのか。残虐性におろおろして、肝心な生命力まで圧殺すれば、おとしまえはいずれヒトという種の存続にまで跳ね返ってくる……」

足音がひびいてきた。このマンションの廊下の床はコンクリート剝《む》き出しだから、音が遠くまで伝わるのだ。そそくさと立ち上がった百男は、とってつけたように結論を口走った。

「要するに白秋先生がいう童心とは、一筋縄でゆくもんじゃないんだ……お帰り」

ドアが開いて、スーツ姿の千三が顔を見せた。

「ただいま」

「ご苦労さん。暑かったろう、シャワーを浴びたらどうだ?」

童心評論家は、あっという間に有能な主夫に変貌していた。

2

アリス大賞授賞式は、都心の小ぶりなシティホテルで行われた。『詩園』はメジャーな雑誌ではないまでも、児童文学界でそれなりに知られた存在だったから、会場が手狭に見えるほど参会者が多く、場馴れない万介をびくつかせた。

　ジャンルは違うがパーティ慣れしている千三は、平気な顔だった。式がはじまる前にひと通り会場をチェックして、弟にささやいた。

「狙い目は、センターのテーブルだぞ。氷彫があるだろう、あの周囲がいちばん材料費をかけた料理だ」

「ヒョウチョウって、なに」

「氷の彫刻だよ。ほら、兎が立ってるじゃないか」

「ああ……あれ、兎だったのか」

　声が大きくなったので、千三に叱られた。

「よく見ろ。耳は長いし、懐中時計を見ているし」

「そうか。アリス社のパーティだから、シンボルみたいに三月兎がいるんだ」

　ひそひそ話を交わしているところへ、胸に真っ赤なバラを差した百男が近づいてきた。

「千三、間に合ってくれたな」

「課長が気をきかせてくれたんだ。ふだんの俺の勤務状態がいいからでもある」

「ああ、そうだろうよ。あんたの稼ぎで北里家は食っているんだ、よろしく頼む」

　背中を見せようとした百男の腕を、千三が掴んだ。

「兄貴が呼んだのか」

「え……」

「とぼけるなよ。ほら」

顎をしゃくった。それで万介も、兎弥子夫人と瑠々がきていることを知った。百男はかすかに顔を赤らめたみたいだ。

「ああ」

「それならそれと、先に話しておいてくれ」

「適当に相手を頼むよ」

気弱な笑顔をのこして、百男は受賞者の席へもどっていった。

「万介くん」

そらきた。瑠々の声だ。ふりむくと、和装の兎弥子と白のブラウスにパステルカラーのジャンパースカートを着た瑠々が立っていた。

「やあ、どうも」

たったいま知ったと思えない、快活な声で千三が迎えると、兎弥子は静かに頭を下げた。

「この度は、おめでとう存じます」

「恐縮です」

物慣れた様子の千三は、百男より年上に見える。彼に比べてはるかに兎弥子の隣に立つにふさわしい。

大人同士の会話をはじめたふたりを放っておいて、万介と瑠々がささやき交わした。

「まだお料理、いただいていけないの？」

「そうだと思うよ。だれも手をつけてない」

「でも飲んでる」

「飲むのはいいんだ」

「じゃあ私、ジュースもらおうっと。万介くんは？」

小学生でも女は世話を焼きたがるんだなと、万介はくすぐったい。

「いいよ。いっしょに行こう」

入口近くにカウンターが設けられ、その上にずらりとグラスが並んでいた。ふたりそろってオレンジジュースをもらったとき、女性から声をかけられた。

「あの……北里先生の弟さんでしょ」

「は？」

兄を先生と呼ぶ若い女性がいるというのが、すぐにはピンとこなかった。栄林学習塾の生徒なら、百男を先生呼ばわりしてふしぎはないが。若いといっても、よく見ると三十を越えていた。若作りだが、実年齢は瑠々のママとおなじくらいだろう。

迷っている万介に、女は笑いかけた。

「ごめんなさい。私、白木朝美です。アリス社で北里先生の担当をしていますの」

「ああ、そうなんですか」

ワープロ嫌いの担当さんは、この人か。胸に名札をつけていたから、どんな字を書くのかもわかった。万介はいそいでお辞儀した。

「いつも兄ちゃんが」

瑠々につつかれてしまった。

「兄が、お世話になっています」

「こちらこそ。受賞おめでとうございます」

「ありがとうございます」

型通りお礼をいいながら、正直なところうんざりしている。自分がもらったわけでもないのに、今日はまだこの後なんべんも頭を下げるのかなあ。

白木は笑顔のまま瑠々を見た。

「妹さんなの？」

「あ、いいえ、違います」

当の瑠々がクスッと笑うものだから、よけい赤面してしまった。

「近所の……近所っていうの、前の家のころですけど、お隣に住んでいたんです」

それだけの縁でなぜ呼んだのか聞かれるのが嫌だったが、瑠々が素早く自己紹介したのでそれ以上追及されることはなかった。

「早川瑠々です……今晩は」

「今晩は」

いそいで挨拶を返しながら、あらという顔つきになった。

「早川瑠々ちゃんというと……間違ったらごめんなさいね。お父さん、早川俊次先生と違います?」

瑠々の足がぴくっと震えるのが、万介に見えた。こんな場所で、父の名を聞かれるとは思わなかったろう。が、考えてみれば早川俊次は、マスコミ界を股にかけている敏腕カメラマンなのだ。

「そうです」

瑠々の答えに、万介はハラハラした。愛嬌《あいきょう》たっぷりだった少女の顔に、暗雲が立ち込めていたからだ。白木はなにも気づかない様子だった。

「ここしばらくはご縁がないけど、以前はよくお父さんにお仕事をお願いしたのよ」

「あの人、最近はエロとスキャンダル専門だから」

木で鼻をくくったようにいった瑠々は、万介の手を摑んだ。

「あっち行こう」

「う……うん」

ぽかんとしている白木に万介が頭を下げたところへ、小柄な男がせかせかした足取りで近づいた。

「白木ちゃん、ここにいたのか。花束贈呈の手筈《てはず》、どうなってる？」

「どうなってるって、名越さん。総務の矢部《やべ》さんが引き受けたはずよ」

「ああ、やっぱり連絡がいってない！」

名越と呼ばれた色の黒い小男が、腹立たしげに舌打ちした。

「矢部くんは、今日風邪で欠勤なんだ」

「あら」アリス社は横の連絡がよくないようだ。初耳とみえ白木は狼狽した。

「じゃあだれか、頼まなきゃ……」

「あんたの役目だよ、それは。早急に決めてくれないか」

「早急にといっても」

困り顔の白木の視線が、瑠々の上に止まった。

「……あなた」

「私？」

声をかけられただけで、瑠々はもう自分に期待される役割が飲み込めたようだ。こんなとき万介は、つくづく女って凄《すご》いなと思う。

「私がおじさんに、お花をあげるんですか」

いつもの瑠々は、そういっては可哀相《かわいそう》だが悪声の部類である。それがいまは一心にカン高い声を出していた。いつものように、ほんのちょっぴり首をかしげる。見ていた万介は、吹き出しそうになった。はじめて瑠々のその仕種《しぐさ》を見たときは、鏡を相手に研究しているのかと思ったほどだが、ただの癖と知ってホッとしたことがある。本人が真剣なときに多発するポーズらしい。いまも、なにげなく装っているが思わぬ大役をふりあてられて、緊張していることがわかった。

「そうなの。お願いできる？」

「いいですよ」

つとめて軽く答えた少女は、万介を見て笑顔をつくった。

瑠々って、あんなに睫毛《まつげ》が長かったのかな。

はじめて気づいた万介は、白木にうながされて背を向けた少女の髪が揺れたとたん、なぜか体の芯が疼いた。

「可愛いお嬢さんだ」

見送った名越のひとり言が耳にはいると、今度は体がカッと火照った。思いもよらぬ反応に、万介自身驚いている。

俺……どうなったんだ？

「妹さんですか」

名越に聞かれた万介は、

「いいえ」

きつい調子で否定してしまった。

白木におなじことを聞かれたばかりだからか、妹じゃない友達ですといいたかったためか、よくわからない。ステージにむかう娘を見て、兎弥子が声をかけてきた。

「万介ちゃん、あの子どこへ行ったの」

「花束贈呈だそうです」

「へえ、瑠々ちゃんが兄貴に花をくれるのか」

と、千三も近づいてきた。

その会話を耳にして、彼らが受賞者の肉親とわかったようだ。名越が丁寧な口調で呼びかけた。

「失礼ですが、北里先生のご関係ですか」

「ええ、そうですが」

余裕の口調で応答した千三に、名越が深々とお辞儀した。

「これはどうも、ご受賞おめでとう存じます。アリス社文芸編集部の名越と申します。先生にはいつも良い作品を書いていただいてまして」

名刺交換の間、親族扱いされない用心に離れていた兎弥子は、名越が遠ざかるとすぐ北里兄弟に寄り添った。

「……あの人が、名越さんなんですのね」

「ご存じだったんですか？」

名刺をしまいながら、千三が聞き返した。

「百男さんがぼやいていらしたの。編集の中に、自分の童謡を認めたがらない人がいるって……それが名越さん」

「なんだ」

万介が遠慮なくいった。

「そんな人でも、兄ちゃんに花束渡す世話するんだ」

「そこが宮仕えのつらいところさ」

センターテーブルに生花が小山のように飾りつけられている。その向こう側に見え隠れする名越に目をむけながら、千三がいった。

「白木さんに会ったか？」

「うん。あの人が瑠々ちゃんを連れてったんだ」

「俺も会った。なかなかできる女性だな」

「いい感じだったね」

「名越氏とはだいぶ違う」

「一度見ただけでわかるのか？」

「おいおい」

千三が弟をふりむいた。のびざかりの万介は背丈はほとんどおなじだが、兄貴の貫禄で、なんとなく千三のほうが高いように見える。

「俺は会社勤めの、それも営業部だからな。腐るほどいろんな人間に会ってるんだぜ。あの編集さんが守りにはいってることぐらい、一目でわかる」

「守りってどういうことさ」

「新しいものをやる気がない人だ。そろそろ管理職を狙いたい歳だろう。リスクの多い仕事は避けようというお年頃さ」

「そんな人が、雑誌の編集なんかなぜやるんだ？　役人になってハンコこねくっていればいいのに」

「だれだって理想に燃えるときがあるものだよ。夢破れたあとは、それまでに得たものをなくすまいとして守りにはいる。それがふつうなんだ」

「だけど兄ちゃんは……」

万介は正面を見た。ステージの下手《しもて》に、何人かの受賞者とならんで、百男が腰を下ろしている。胸のバラがいやに赤く見えた。「ずっと理想に燃えっ放しだ」

「そりゃあ兄貴はふつうの人間じゃないからな」

千三が笑った。

「それをいうなら、俺もなみじゃない」

「そう？」

「大学を出てからずっと、守りにはいっている。自慢じゃないが、理想の旗なんてただの一度も揚げたことがない」

その千三兄ちゃんのおかげで、百男兄ちゃんは安心して夢を見ていられた。そういってあげる前に、兎弥子夫人が注意を喚起した。

「あ、はじまるわ授賞式が」

3

式次第はおそろしく退屈なものだった。びっくりしたのは、司会が名越だったことだ。色黒で風采の上がらない彼が意外に流暢《りゅうちょう》な弁舌をふるったが、それで退屈がまぎれるものでもない。万介は立ったまま居眠りしそうになった。百男がアリス社の社長から、賞状を受けたあとはどうにか覚えている。つづいて童謡部門の選考経過を報告するため、定光寺が登壇した。この著名な評論家はダンディで知られており、手からパイプを離したことがない。五十歳代後半ということだが四十歳代に見えた。よくマイクに乗る声で、百男が作詩した童謡を褒めた。おざなりな褒め言葉でなく以前から注目していたとわかり、百男は嬉しそうに評論家を見た。

その後が受賞者の挨拶だ。万介は千三にささやいた。

「兄ちゃん、喋《しゃべ》れるかな」

「夜中に稽古していたみたいだ」

弟ふたりが心配する必要は、まったくなかった。百男は糞落《くそ》ちつきに落ちついて、礼の言葉をのべた。白秋先生を尊敬する私は、生涯を童謡の作詩に捧《ささ》げます。そういいきると場内一円に喝采が起こって、万介と千三は笑顔を見合わせた。

名越が声を張り上げた。喝采に抗議するようなタイミングであったが、セレモニーの時間が押し気味だったのかもしれない。

「ではここで、受賞者北里百男さんに、花束が贈呈されます。プレゼンターは北里さんよくご存じの早川瑠々ちゃんです」

遠目にも百男が、目を見張ったのがわかった。総務の女性が渡すという連絡のままだったとみえる。

「瑠々……つまずくんじゃないぞ」

万介が小声でいうと、千三がその頭をぽんとたたいた。

「そんなに気になるか」

「だって」

文句をいうつもりだったが、含み笑いしている千三の顔を見てやめた。家に帰ってから、なにをいわれるかわかったものじゃない。隣席の女生徒との仲をクラスメートに冷やかされたときは平気だったのに、瑠々が相手だと意識してしまう。まだ小学生じゃないか、ガキじゃないか、そう自分にいい聞かせるのだけれど、つい……。

拍手が起こった。

瑠々の手から、百男の手に花束が移動したのである。

にっこりした瑠々の顔が、輝いて見えた。

「可愛いな、彼女」

ここぞと千三が、弟を冷やかす。

万介は頬を膨らませて文句をつけようとした、そのときだ。

瑠々の表情に異変が生じた。

注目していた万介だから、わかったことかもしれない。だが異常は、目の前に立っていた百男にも、ありありと伝わったようだ。花束の翳に隠れているが、兄の動揺を弟ふたりは確認した。

（なんだ？）

（なにが起きたんだ？）

花束を渡した直後の瑠々は、百男の背後になにかを目撃したのである。なにか——あるいはだれかを。

　壇上に立つ百男めがけて、下手からストロボの砲火が集中する。閃光《せんこう》を浴びながら瑠々に遠くが見えるはずはなかった。ストロボを焚《た》いているカメラマンの中に、だれかを発見したのではないか。

「兄貴……」

　千三が低くつぶやいた。

　花束を抱いた百男が席へもどるために、体を回す。動作がひどくぎこちなく見えた。バッテリーのあがったロボット然としていた。ほとんどの人は、その異様さに気づかなかったろうが、瑠々と兄のやりとりを注視していた千三と万介には、はっきり見て取れた。

「俊次さん……」

　兄弟の後ろで、兎弥子がべそをかいたような声を発した。

　それでわかった。

　ステージの下手に集まって、レンズを向けているカメラマンの中に、兎弥子の夫であり瑠々の父親の早川俊次がいたのだ。

「あの人がいるわ」

　瑠々が壇上でつぶやいたのを、百男は聞いた。役目を果たした少女は、それっきり逃げるように上手へ去った。順序として受賞者も否応なく退場せねばならない。顔がこわばり、動作がもつれた。

兎弥子さんの夫が、俺の授賞式に、なぜ。カメラマンがこの席へあらわれるのは当然と、いいきることはできなかった。早川俊次は単なるカメラマンではない。スキャンダルを嗅ぎつけるハイエナなのだ。

彼はその独特の嗅覚で、妻に懸想する男の存在を知ったのだろうか。

家が焼ける少し前だから、三年あまり前のことになる。たった一度だけだが、百男は早川の顔を見ていた。

蒸し暑い夏の夜であった。夕食後ずっと原稿用紙と格闘していた百男は、三行だけ書いたところで完全に行き詰まった。疲れ果てたあげく、非常識な時間を承知で散歩に出た。それまでもときどき深夜に出歩いたことがある。かつてはしっとりした情趣の住宅街であったものが、ここ十年ほどの間に様変わりした。夜中でもピカピカ輝いているコンビニができ、緑濃い庭に囲まれた数寄屋造りが四角なマンションに変身した。住宅の間に点在していたクリーニング屋や書店が企業に買い取られて、コンクリートの社宅になった。

サンダルをつっかけた百男は、百メートルほど離れた角の自販機まで歩いてタバコを買った。川を埋め立てた跡の小公園のベンチに腰を下ろして、紫煙をくゆらした。一日でもっとも人けのない時刻を満喫して、家にもどることにした。素朴な自然木の門を潜《くぐ》ろうとしたとき、かすかな悲鳴が百男の足を止めた。

声は早川家の玄関から漏れていた。北里家に比べるとずっと新しいが、安っぽい建築の平屋建てだ。

とっさに強盗が押し入ったのか、と思った。

ガタンと鳴ったのは玄関のドアだ。もう少しで百男は、早川家のドアに飛びつくところだった。

「あなた……お願い、やめて」

押し殺したような兎弥子の声。

(あなた?)

百男は、早川家の車庫に精悍《せいかん》な４ＷＤ——漆黒のビストロが駐《と》まっていることに気づいた。車庫といっても庭の一角に簡単な屋根をかけただけのスペースなので、道路から丸見えだ。ふだん空っぽの車庫に車がいる。早川カメラマンが帰宅したのだ、とわかった。

「吐けよ、兎弥子」

押し殺したような声の主は、早川俊次に違いない。

「なにをいえとおっしゃるの、あなた」

「なにもかもだよ」

男はくすくすと笑っている。それも妙に女性的な声で、ねちねちと粘っこく聞こえた。なぜか知らないが、百男はその声音から巨大なナメクジを連想した。銀色の粘液を引いて、のったりと近づいてくる生《なま》っ白《ちろ》い奴。

「私が留守の間、お前はどうやって肌を温めていた？　さぞ淋《さび》しかったろうな。隣の男とうまくやれたか。え、どうなんだ」

隣の男？

聞いている百男の頬がそそけだった。俺のことか。

彼の胸のうちに、すでに兎弥子が住んでいたことは確かだ。だからといって彼女に、思いを訴えようと考えたことなぞ、一度もなかったのだが。

ドアががたがたと、風に吹かれるように揺れた。嵌めこまれたダイヤガラスの小窓の向こうに、影が明滅する。俊次が兎弥子をドアに押しつけ責めている様子が、ありありとわかった。

「なにをいうのよ。私はあなたと違います……」

パシッという短く鋭い音につづいて、ドアがもう一度震えた。ガラスの向こうが明るくなったのは、押しつけられていた兎弥子の体が、土間に崩折れたからだろう。

「気をつけて口をきけ。だれのおかげで食べていると思うんだ……え？　だれのおかげだね、兎弥子」

　猫撫《な》で声が気色悪かった。百男は吐き気がしてきた。

「いってみなさい」

　声が大きくなる。

「お願い、あなた。瑠々が目を覚まします」

　哀願する兎弥子の涙に濡《ぬ》れた顔が、百男には目に見えるようだった。

「目を覚ます？　いいとも。瑠々が起きたら、あいつにも聞いてやるさ。だれのおかげで学校へ通ってる。だれのおかげで飯を食べている。だれのおかげでこの家に住んでいる。……答えられなかったら、お前のせいだよ。あの子の前で、お前に罰を与えてやるさ。タバコを押しつけてやろうか。ベルトで殴りつけてやろうか。瑠々はさぞ怯《おび》えるだろうね。それはみんなお前の責任なんだよ」

　ドア越しに聞こえる早川の声には、余裕さえあった。

「さあ、もう一度聞くよ、兎弥子。お前たちは、だれに頼って暮らしているんだね」

「……あなたです」

　屈辱感と戦いながら、やっとのことで兎弥子が返事した。それを聞く百男の体が震えた。いつの間にか両の拳を固く握りしめていた。そんな男に返答する必要なんかない。ドアを蹴破って、兎弥子に教えてやりたかった。いまは白秋の時代じゃない。松下俊子が夫に虐げられていたころじゃない。どうして黙って、そんな男のいいなりになるんだ。怒鳴りだしたい衝動を百男は押し止めた。真っ赤に燃え上がった頭の片隅で、いつか兎弥子が話していた内容を思い出したのだ。

「不満だらけの人でも、瑠々にとっては大切な父親ですものね」

半ば諦めたような口ぶりであった。夫と妻、親と子のしがらみについて、そのときの百男は無知といってよかった。父親は存命だが、実母はとうに鬼籍にはいっている。いま自分の家にいる女性は、万介にとっては大切な母親でも、百男や千三が母さんといって甘えられる相手ではない。妻帯していない百男に子供がいるはずもなく、彼にとって子供とは自作の童謡の顧客でしかなかったのだ。

百男は悄然《しょうぜん》と頭を垂れた。

経済力を別にしても、俺に瑠々ちゃんの父親は務まらない。どんなに自分勝手で暴力的な男でも、兎弥子が離婚を決意しないかぎり、夫は早川俊次である。無力感に浸された百男は、そっと早川家の玄関から離れた。

半ば朦朧《もうろう》としていたとみえ、敷石につまずいて音をたててしまった。

あわてた百男は、足音にかまわず駆けだして、わが家の門を楯《たて》にした。ほとんど同時に早川家の玄関が開いた。兎弥子の夫が顔を見せた。想像した通りナメクジに似ていた。白くむくんだような顔に、針みたいな目が光っている。

「ち」

早川は舌打ちした。

月が雲に隠れたおかげで、隣家の門柱の翳まで目が届かないらしい。それでも聞こえよがしな捨て台詞を吐いた。

「お前の男じゃないのか、立ち聞きしていたのは」

「あなた……声が大きい」

早川の後ろからのぞく兎弥子は、髪も乱れ目の周囲に隈を作っていた。痛々しさを見かねて、百男は思わず目をつぶった。

「ふん」

早川がせせら笑った。

まるで近くに百男がいると確信したような口ぶりで、

「臆病者」

いってのけて、ドアを閉ざした。

それ以来である、百男が早川俊次の顔を直視するのは。

彼はまさしくステージの下手に張りついていた。カメラマンは一ダースもいただろうか。その真ん中に陣取った早川は、百男が壇を下りてくるのを見て、ファインダーから目を離した。

男ふたりが視線を交えた。

あいかわらず早川は、大型のナメクジそっくりであった。いやに色が白く肌がぬめぬめして見えた。分厚い唇の間から、今にも銀色に光る唾液をしたたらせそうだ。職業意識に駆られて連写するカメラマンの中で、ひとりだけフィルムの浪費を避けているみたいだった。はっきりとカメラから顔を外した早川は、近づく百男ににっと笑いかけた。

「おめでとうございます」

ねっとりとした声が、百男を祝福した。

百男はもう度胸を決めていた。俺はたしかに兎弥子さんが好きだ。暴力をふるう貴様に比べれば、俺のほうが百倍も兎弥子さんを愛している。だが誓っていうが、俺はまだ彼女を抱いたことはない。

「……どうぞ、もとのお席におつきください」

司会者の名越がソフトに声をかける。

百男は黙々と椅子についた。後生大事に花束を抱えたままだ。バラの大輪の翳から早川をうかがった。すでにカメラマンたちは、次の部門の受賞者を追っている。ただひとり早川だけが、下手にのこってこちらを見つめていた。

再度視線が交錯した。目に見えない火花が散った。

百男は早川にむけて笑顔を作って見せた。さすがに相手は、眩しげに目を逸らせた。

（あの男……）

百男は不安だった。

今夜は自分の家にもどるのだろう。そしてまた、いつかの夜のように兎弥子を徹底していびるのではないか。

百男が顔をふると、意外なほど間近に千三と万介の顔があった。千三はそ知らぬ顔をしているが、子供の万介はそうはゆかないらしく、しきりと早川カメラマンを指さしていた。その弟に（安心しろ）というように、百男はゆったりと笑ってやった。

場内を注意して見回したが、兎弥子や瑠々の姿は消えていた。

4

受賞者たちを主賓に二次会が催された。といっても、おなじホテル八階のスカイバーに場所が移ったにとどまる。大賞の中で華やかなのは童話部門だったし、受賞したのが二十代のＯＬだったせいもあって、取材はもっぱら彼女に集中した。それでもアニメやコマーシャルソング盛んな時世に、童謡一筋という百男が珍重されたのか、なん人かの記者が接触してきた。

珍しかったのは、ゲーム制作のきららプロダクションが顔を見せたことだ。『ドラクエ』などのテレビゲームが一世を風靡《ふうび》していることは、百男もむろん知っている。子供の遊びが好きな彼は、一度やってみたいと考えていたが、塾の収入では自分ひとり最低限の生活を支えるのがやっとだ。万介の面倒まで見ている千三に金をせびろうとは、夢にも思わない。いずれ小遣いを溜めてと思っていた矢先だったから、そのゲーム制作会社が自分になんの用かとふしぎな気がした。

きららプロは新しいゲームソフト開発に定評ある会社で、そこの代表を名乗った高橋《たかはし》という男は、まだ二十代半ばだという。ただし見た目は貫禄十分の肥満型だったから、百男ははじめ自分より年上と思い込んでしまった。

「発売直前のゲームがあります。そのイメージソングとして、あなたの童謡を使わせてほしいんです」

と高橋はいい、百男をきょとんとさせた。白秋童謡の後継者のつもりでいる百男と、テレビゲームの最新バージョンとでは、いかにもミスマッチだ。だが高橋は熱弁をふるった。往年の手鞠歌や数え歌を持ち出さなくても、子供の遊びに歌はつきものだ。いまが旬のゲームと手を組んでこそ、新しい童謡が大人のなぐさみものでなく、子供の本当の財産になる。彼はそう主張して熱心に百男を説得した。

書斎にこもって日がな一日原稿用紙をにらむ作家であれば、高橋の言い分はわからなかったかもしれない。しかし、学習塾を退職したばかりの百男は、長年の間子供と接触していた。彼らにとってゲームは、コミックやスポーツに匹敵する遊びのパートナーであることを、肌で知る立場にあった。

「私の歌がお役に立つなら」

とうとう百男は相手の熱意に負けてうなずいてしまった。

喜んで帰ってゆく高橋を見送って、カウンターで隣合っていた童謡仲間の厚木《あつぎ》が、薄い唇をまげた。

「せっかくのあんたの歌を、ゲームになんか使わせるのかい。猫に小判じゃないか」

「だがあの人は熱心でしたよ」

内心では後悔をはじめていた百男も、その場ではきららの弁護に回った。

「どんな形だっていいんです。自分が作った歌が子供たちの口にのぼるなら」

「プライドがないんだな、北里さんは」

厚木は百男より十近い年上である。若いころから児童文学に打ち込んだが芽が出ず、五年前に童謡に転向してすぐアリス大賞をもらった。その折りの彼の意気天を突くような昂《たかぶ》りを、百男はしみじみと羨ましく感じたものだ。実際の厚木はそれからも鳴かず飛ばずであったが、奥さんの家が裕福なので生活に困ることはない。

その厚木に誇りがないと指摘されて、百男はほろ苦い笑顔を作った。

「ゲームでもマンガでも、制作者にプライドはあります。芸術を気取っても、商売だけ考えている人がいるでしょうし」

「それ、あんたじゃなかったの？　いや失礼」

嘲るような口調が耳に突き刺さって、さすがに温厚な百男もムッとなった。

「どういうことです、厚木先生」

無遠慮に百男をじろじろと見て、厚木が手をふった。

「腹が立ったら勘弁してくれよ。あんたに焼き餅を焼いてる若手が、たくさんいる。その連中がいってるんだ。北里百男は意外に商売上手だとね。……アリス大賞だよ」

そこまでいわれても、百男にはまだなんのことかわからない。

「私の受賞が、どうかしましたか」

「早すぎるというんだ。裏があると、断言した者もいた」

「なんですって」

百男の顔から血の気が引いた。「受賞に裏が」

「気にしないでよ、北里さん」

厚木の唇がへらへら震える。

「噂なんだから」

「どんな噂ですか」

「あんたが定光寺先生のところへ日参したとか」

「馬鹿な」

「軽井沢の別荘であんたが薪を割っていたとか」

「私が軽井沢で、なぜそんなことをするんです」

「軽井沢に、定光寺先生の別荘があるからさ。月のうち半分以上、定光寺夫人が暮らしている。……将を射んとせば馬を射よというじゃないか」

「厚木先生」

舌がもつれそうになった。「あなたも、その噂を信じておいでですか」

「信じてないから、話してあげてるんじゃないかね」

厚顔にいい逃れた厚木は、カウンター椅子から滑り下りた。

「ちょっとトイレへ」

のこされた百男は、目の前のグラスに口をつけようとしたが、手が震えていたのでこぼしてしまった。行儀のいい笑い声が聞こえたので、体をねじまげる。壁際のソファに編集者にはさまれた定光寺がいた。バルングラスを手に含み笑いする姿は、マナー通りだ。

百男はため息をついた。神かけて誓うが今日挨拶を交わすまで、百男は定光寺となんのつながりもない。事前工作など、頭の片隅に浮かんだこともなかった。

厚木のいう噂が本当に流布されているとすれば、根も葉もないでっちあげでしかなかった。定光寺は純粋に百男の作品を優秀と認めたのだ。

そう思いたい。いや、そうに決まっている。かりに定光寺がなにかの理由で、恣意的に百男の童謡を過大評価したとする。だがどう解釈したところで、定光寺にプラスはない。百男は首をふった。

（やっかみだ）

それが結論であった。児童文学、それも詩の世界は狭い。ひとつまみの創作者がひしめいている中で、塾講師の片手間に詩を勉強していた百男が、ひと足お先にアリス大賞を受ける——それ自体を許せないと思う嫉妬心の強い作詩者がいてもふしぎはないのだ。

「北里先生」

明るい声がかかった。「やってますか。先生はお飲みになるんでしょ」

白木朝美だ。参会者が白けないよう適度に見回っているらしい。いつもジーンズを穿きこなしている彼女が、授賞式ではスーツだった。それがいまは目も覚めるようなスカーレットのドレスを身につけていた。

「ありがとう。楽しくやっていますよ」

「よかった」

厚木が去った後の椅子に、ひょいと腰掛ける。彼女の顔を近々と見るのは、はじめてだ。年のころは、兎弥子とおなじくらいか。女ざかりといっていい。兎弥子が淋しげな日本調の美貌なのに対して、華やかな道具立ての白木には、お気に入りの作家や評論家が大勢ついていた。

「なにか?」

白木がふりむいたので、百男はいそいで視線をそらした。正面を向いても、ガラス窓にくっきりと彼女の顔が映っている。遠いビルの明かりが、まるで白木のイヤリングみたいに見えた。

「いや……早変わり、大変でしたね」

「あ、このドレスですか?」

白木は喉をあげて笑った。少しは酒が回っているのだろう。

「トイレで着替えたんですよ。ちゃんとブローチもヘアバンドも持参して……化粧だって変えたんだから」

「それはどうも。ごめんなさい」

「なにを謝ってらっしゃるの」

「せっかくの苦心に気がつかなかったから」

「いやだ」

また白木はころころと笑った。「北里先生って、はじめに考えたより、面白い方ですね」

「俺……ぼくって、そんなに頑固に見えましたか」

「頑固というより、なにかこう……くらーい人みたいだったの」

「うわ」

いやな話を聞かされた後で、百男は反動的に浮ついていたようだ。

「そんなにぼくが？　たとえばどんなふうに」

「仕事にも恋愛にも邪魔ばかりはいるような」

「当たってます、それ」

セーブしようと思いながら、できなかった。

「でもこれから仕事はやりやすくなるでしょう。定光寺先生のおかげだ」

「定光寺先生……」

白木の目が定光寺のいる席に流れた。

「もうひとつのほうは、無理だな」

聞かれもしないのに、言葉が漏れたのは酒のせいか。

「もうひとつって、もしかしたら恋愛」

「はあ」

自分でいいだしたくせに、いざとなると口籠もった。

「悩んでいらっしゃるの？」

のぞきこまれた。

「そうかもしれない」

ふっと百男は、夏の夜の早川家を思い浮かべた。生ぬるい空気の中から湧いて出た兎弥子の悲鳴。ナメクジ然とした早川俊次の白い顔。

「あまり突き詰めてお考えにならないで」

白木にいわれて、百男は我に返った。

「経験豊富という感じだな、白木さんは」

「とんでもない」

「ひょっとしたらお子さんがいたりして」

それは百男の実感だった。今でも兎弥子を見ると、こんな若々しい女の人に小学生の子がいるなんて信じられないからだ。

白木の反応が途絶えたので、気になった。彼女は黙って空になったカクテルグラスの足を撫でていた。

「なにか、おかしなことをいったかな」

「いいえ」

急いで白木は笑顔になった。

「それより、定光寺先生のところへ行きましょうよ。もっとお礼をいいたいんでしょう？」

「ええ、まあ」

グラスを手に、ふたりは椅子から立ち上がった。

定光寺はむろん歓迎してくれた。

「今日は大変だったね。疲れたでしょう」

大家とはいえ如才ないものだと、心の中で百男は感服した。

「あなたが書いたものを読むと、白秋をよく研究していることがわかる……」

グラスを重ねながら、定光寺は酔っていなかった。百男が話題にしたいことを、ちゃんと先取りしてくれたので、すぐ話に乗ってゆけた。

「ありがとうございます。子供のころから白秋先生を尊敬しています」

「あなたの作風は『赤い鳥』時代の彼を肥やしにしている。それはたしかだが、するとあなたにとって『邪宗門』はどうです」

いうまでもなく若き日の白秋が、はじめて世に問うた絢爛たる詩語の宝庫だ。その中の詩編のひとつ『邪宗門秘曲』の冒頭、「われは思う、末世の邪宗、切支丹でうすの魔法。黒船の加比丹を、紅毛の不可思議国を」を暗唱した人は多いに違いない。

だが百男はかぶりをふった。

「ぼくには、ちょっと」

「ほう。気に入らない、と」

「いえ、気に入るも気に入らないも……言葉の錬金術師ですね。あまりの才能に圧倒されて、呆然とするばかりなんです」

「ま、あの詩集は白秋の若気のいたりといえるでしょう。若かった時代の彼の詩は、あからさますぎる。これではどうだ、これならどうだと、詩句の裏に滲《にじ》み出る白秋の強烈な自負が、読者をたじろがせます」

「白秋先生は詩ばかりでなく。優れた歌人でもありました。そんなオールマイティな作家にはなれませんが、子供相手の童謡に限っては、先生の後を追いかけたいと願っているんです」

「そうそう。学習塾の教師でしたね、あなたは」

「はい」

教師はやめたばかり——といおうとしたが、百男は思いとどまった。たかが賞をひとつ受けただけで、お前はもう童謡で飯を食ってゆけると考えたのか。甘さを指摘されそうな気がして、いわなかったのだ。

にこにこしながら、定光寺がいった。

「私の妻も、教師志望だったが……落ちつくところは女優でしたよ」

「あ、そうでしたか」

知らないふりをしたが、実際は百男は知っている。自分を入選させてくれた定光寺だもの、図書館に出向いて詳しい履歴を調べたのだ。彼が文芸評論家として一家をなすまで、定光寺夫人は中堅どころの映画女優として、美貌で家計を支えていた。

「いまは少々体をこわして、別荘にこもりきりなんだが」

「ご病気なんですか」

「喘息《ぜんそく》の気味があってね。それで軽井沢に行きっ放しなんだ。見よう見真似で童謡を書いている」

「先生の奥様が」

これは初耳だった。たちまち百男は、定光寺夫人に親近感を抱いた。

「定光寺先生が、添削なさるんでしょう？」

と、白木が乗り出してきた。定光寺の夫人ならネームバリューがある。『詩園』に載せてもいいと思いついだのだろう。定光寺は笑って否定した。

「あいにくだが、うちの奥さんは私の批評を信用していないよ」

「あら、そんな……」

白木は口を尖《とが》らせたが、そんなものかもしれないなと、百男は思った。身近な人間ではかえって批評しにくいだろう。定光寺が首をめぐらせた。

「意外といっては失礼だが、章子《あきこ》は北里さんのファンでね」

「ぼくのですか?」

「そうなんだ。……いつか暇があったら、女房の書いた童謡を見てやってくれませんか」

照れ臭そうに定光寺はいうが、百男は乗り気になった。箸にも棒にもかからない歌なら別だが、仮にも定光寺の妻の作品だ。ある程度の出来は保証されていると、百男は考えた。それに、アリス大賞では思いがけず定光寺の世話になった。夫人の詩作の面倒を見ることで、定光寺を喜ばすことができれば、と思いもした。

「ぼくはいつだって暇ですよ、ご心配なさらないでください」

定光寺は苦笑した。

「北里さん。アリス大賞受賞者がそんな気安くいってはいけない。明日にも注文が殺到する可能性だってあるんだから」

定光寺はそういうが、現実にそんな奇跡が起こるはずはないと、百男は思っていた。

「近いうちに、お伺いします。どうかよろしくお伝えください」

約束だけきっちりしておいて、腰を浮かせた。

「ありがとうございました。今夜のことは、ぼくの一生の思い出になります」

定光寺が手をふるのもかまわず、深々とお辞儀した。お世辞でもなんでもなく、心からそう考えていた。

5

ホテルを出ると、昼間温められたアスファルトが吐き出す熱気が、もわっと全身を包むのがわかった。結びつけないネクタイが邪魔で仕方がない。胸元をゆるめながら地下鉄の駅に出た。腕時計を見る。深夜というには時間がある。もっとも時計を見る前から、百男はその気でいた。

(早川家に寄ってゆこう)

自宅の最寄り駅と兎弥子の家に行く駅とは、一区離れているだけなので、手間も暇もかからない。そんなものは、自分にいい聞かせる弁解に過ぎなかったが。

地下鉄と相互乗り入れしている東急線を使えば、ホテルから早川家まで、ものの四十分で到着できた。

転居して以来、百男は一度も早川家を訪ねていない。相変わらず早川俊次は家に帰らないようで、新宿界隈に愛人を囲っていると、兎弥子が漏らしたことがあった。それでも百男はたとえ日のあるうちでも、早川家のドアをたたかなかった。目に狂的な光を宿したカメラマンが怖いのではない。瑠々が登校中の間、兎弥子とふたりガランとした家の中で向かい合って、なにをはじめるか百男自身が不安だったからだ。

だから彼は兎弥子と会うのにわざと駅前の喫茶店を使っていたし、瑠々がいっしょの場合はムードは二の次でファミレスと決めていた。

駅から地上へ上がりネオンの大半が消えた町に出る。時間が遅いにもかかわらず、ねっとりとした大気が百男を出迎えた。駅前にタクシーがなん台か止まっている。破れた新聞紙がさわさわと転がってゆく。動くものといったらそれだけだ。

早川家は歩いて七分ほどの距離にある。

百男はあたりを見回した。このあたりに足をのばすのが二年あまり前だけになつかしい。見覚えのあるしもたやが一軒なくなった代わり、おなじ敷地に三軒の家が屋根を接して建てられていた。都内で希少な土地つき建売住宅として、売られるのだろう。コンビニの隣にスナックの看板が光っていた。ドア越しにかすかにカラオケの声。戦前は高級住宅街であったここも、しだいに安っぽい住宅と商業の混在地となりつつある。

百男が住んでいた土地は、あいかわらず駐車場だ。需要が多いとみえ総二階のパーキングエリアに改築がはじまっていた。完成すれば深夜でも多くの車が出入りする。隣接する早川家はさぞうるさいことだろう。

兎弥子の家は、静まり返っていた。明かりひとつ灯《とも》っていない。一見したところでは、留守にしか見えなかった。

その様子を観察しながら、百男はなにげなく近づいていった。近くのコンビニやスナックが盛業中のおかげで、こんな時間に出歩いていてもさして違和感はない。足をゆるめて、百男は早川家を見る。

いつぞや夫婦の争いを耳にした玄関も、いまは無人としか思えない。小さなダイヤガラスの窓は真っ暗だ。

ホッとするのと同時に、百男は自分の行為がひどく滑稽なものに思われてきた。だいたい俺は、早川家になにが起きると考えていたのか。あのときのように、兎弥子をいたぶるカメラマンを見るつもりだったのか。

「今日のパーティに、なぜお前や瑠々がきていたんだ。あの北里という男に誘われたのか。瑠々の奴、北里に花束を渡していたな。ひょっとしたら瑠々は、あいつの娘じゃないのか。お前は十年以上前から、あの男とできていたんだ！」

幻聴をふりはらって、百男は自嘲した。

（いい加減にしろ）

なんの当てもないのにのこのこへきた理由は、見当がついていた。やはり俺は、早川が兎弥子さんに暴力をふるう場面を目撃したいのだ。悲劇をまのあたりにすることで、彼女は彼のそばにいるべきではない、兎弥子さんを幸せにできるのはあいつではない。そう自分にいい聞かせたいからなんだ。

それでいて、もしここで早川夫妻の争いがはじまっていても、俺は手も足も出せず尻尾を巻くに決まっている。

それが俺の限界だ……百男は侘《わび》しく思い、額に浮かべた汗をハンカチで抑えた。

仕方ないじゃないか。精神的にはどうであれ、法律的に兎弥子さんは依然として早川の妻だもの。もとの隣人というだけの俺に、口をはさむ資格はない。弱気になる一方で、百男の胸の内では、ごうごうと音をたてて燃えさかる炎が火の粉をまき散らしていた。

結婚などたかが紙きれ一枚の保証にすぎない。人と人のつながりを結婚と呼ぶのなら、早川夫妻の結婚はとっくの昔に崩壊し去っている。俺は違うぞ。愛情を役所に保証してもらうつもりはない。心底から兎弥子さんを愛していることを、だれよりもよく知っているのは俺自身だ。そう考える都度、百男は体の奥まったところから、熱い溶岩が流れ出るような錯覚にとりつかれた。

いつか――

そう、いつか、俺はこの家のドアをこじ開ける。

兎弥子さんの手を引き、瑠々ちゃんを片手に抱いて、胸をそらせた俺は公道にむかって歩み出てやるんだ。

白秋先生に及ばずとも、俺だってトンカジョンのひとりだからな。

気がつくと、百男は、玄関をにらんで早川家の正面で根を生やしていた。

いかん……さすがにあわてて、彼は歩きだした。

斜め向こうのコンビニが、人工の明かりをふりまいている。用があるわけではなかったが、このまま回れ右するのも芸がない気がして、百男は店内にはいった。

客はいなかった。ただひとりを除いては。

右手奥の雑誌コーナーで、大判の婦人雑誌を手に、兎弥子が立っていた。気軽な服装になり足もサンダルをつっかけているが、髪型はパーティのままなので、首から上だけが妙に華やかに見えた。

「あ……」

「まあ?」

兎弥子がしかめ面になったのは、強度の近眼だからだ。ふだんはコンタクトを嵌めているが、帰宅した折りに外したのだろう。

信じられないという表情で近寄った兎弥子が、小声でいった。

「私の家に?」

「そうなんだ」

客はいないが、レジの若者はいる。百男も声を低めた。

「なぜ……」

「心配だったから」

すぐに兎弥子は納得したようだ。

「ありがとう……」

「でもまだ帰ってきていないんだね」

「ええ。いままで待っていたんだけど、思い出してお酒を買いに出たんです」

「お酒？　そうか。早川さんは好きだったんだ」

「頑固でしょ。飲むならコレと決めた銘柄があって、それを切らしていたりすると、もう大変」

　殴る蹴るとでもいうのか。百男には信じられない。

「その程度のことで？　自分で買いにゆけばいい」

　そうはいってみたが、主夫の自分とでは立場が違う。まだ日本にはその程度の暴君はいくらも存在するのだろう。まして早川は——と、百男はいつぞやの彼の暴虐ぶりを思い出した。だからといって、深夜のコンビニへ亭主の好きな酒を買いに出た兎弥子の行為は、愉快ではない。

「瑠々ちゃんをひとりで寝かせておいて？」

「赤ん坊じゃないんだもの」

　兎弥子はふふっと笑った。

「時間がくると、ちゃんと自分の部屋にはいって眠るわ。間違っても母親のおっぱいなんて、探りにこやしない」

おっぱいという言葉を彼女からじかに聞いて、一瞬胸をときめかせた百男は、自分でもおかしくなった。ひょっとしたら瑠々ちゃんは、俺より大人かもしれない。

「とにかく買い物はいそいですませて、家に帰ったほうがいいよ」

「あら……」

語尾がほんの少し上がり、斜めから百男を見た。

「せっかくお会いできたのに」

「きたのはぼくの勝手だからね。お酒はどれだい。探してあげよう」

そのとき、生ぬるい風が吹き込んだので、百男は入口を見た。自動扉から、客がひとりはいってきた。

早川俊次であった。

「あなた、……」

ひと言いって、兎弥子は体を固くした。

その手から大判の婦人雑誌が床に落ちた。

つかつかと近づいた俊次が、雑誌を拾い上げた。

「汚れるじゃないか。売り物を粗末にしてはいけない」

おなじく立ちすくんでいる百男を、まったく無視したまま、雑誌を棚にもどした。表紙に刷りこまれた〝夫の暴力と戦った妻の記録〟という文字が、いやにはっきり百男の目に映った。

「買い物はすんだのか？」

「いえ……まだ」

「なにを買うんだい」

気味のわるいほどの猫撫で声だ。

「あなたの……好きなお酒を……」

「それはすまん」

飽くまで俊次はにこやかだった。服装はパーティで見たときとおなじ、行動的なサファリルックだが、撮影機材は持っていない。車に積んだままなのだろう。

「それなら俺が買ってゆく。お前は先にお帰り」

「でも……」

「瑠々が目を覚ましたら怒るぞ。さあ、早く」

百男は、自分が透明人間と化したような錯覚に陥っていた。夫にせかされた兎弥子は、百男に挨拶する余裕もなく、糸のない操り人形のように表に出ていった。

その間に俊次は、洋酒の棚に移動していた。酒類販売の許可を得ているとみえ、アルコール類の品ぞろえは豊富だ。探すでもなくその一本のボトルを抜いた俊次が、レジに向かおうとした。

「早川さん」

たまりかねたように、その前に百男が立った。

俊次がにやりとした。不精髭《ぶしょうひげ》がのびた白い顔に真赤な目。どこか獣じみた体臭を嗅いだが、百男は引こうとしなかった。

「北里です。今日、お会いしたばかりだ」

「もちろん知っていますよ。以前の隣人でいらっしゃる。受賞おめでとう、北里先生……ほら」

百男の肩ごしに、ボトルをぬっと突き出した。ボトルで殴るのかと身構えさせられたほどだが、俊次が声をかけたのはレジだ。それっきり百男は、また透明人間にされてしまった。さっさと金を払って出てゆく俊次を、いまさら追いかける勇気もなかった。

追いかける？　追いかけて、なにをいうつもりなんだ、俺は。

コンビニのこうこうたる明かりの下で、百男はまたしてもおのれの無力感を嚙《か》みしめるばかりだった。

からまつの林を過ぎて、
からまつをしみじみと見き。
からまつはさびしかりけり。
たびゆくはさびしかりけり。

からまつの林を出でて、
からまつの林に入りぬ。
からまつの林に入りて、
また細く道はつづけり。

からまつの林の奥も、
わが通る道はありけり。
霧雨のかかる道なり。
山風のかよふ道なり。

（中略）
世の中よ、あはれなりけり。

常なけどうれしかりけり。
山川に山がはの音、
からまつにからまつのかぜ。

第三章　落葉松

1

「ぼくは不安で一杯だよ」

というのが百男の答えであったから、詩織は呆気にとられた。彼一流の子供じみた照れかと思ったので、受話器にむかっていってやった。

「北里先生、いまどんな顔をしてらっしゃるの」

本気で喜んであげたのに……。

無名の詩人北里百男が、アリス大賞の童謡部門で受賞したあと、ツキがつづいていたからだ。きららプロダクション制作のテレビゲームのイメージソングとしてCMに使われた百男の歌が、ふしぎなほど売れたこともある。ゲーム自体も評判を得て第二作制作が決まったが、再びイメージソング作詩の注文がきた。最近ではテレビのワイドショーに出演して、童心をテーマに持論をぶった。

子供が本来無邪気なもの、無害なものと考えることこそ、子供を馬鹿にしている。管理して骨抜きにして手触りをよくした人工的な子供は、死体も同然だ。残酷、狡猾、破壊、数多くのマイナス面を持っているのが、自然な子供なのだ。それさえ生命力の要因にとりこむほどの逞《たくま》しさがあってこそ、次の時代を創ることができる、と百男は主張した。

「子供は未完成な大人ではありません。子供は常に完成された子供なのです」

はじめてのテレビ出演であがったせいか、若干の舌足らずな点があると、万介は本人にむかって批評した。百男はまことに神妙に、弟の批判に耳をかたむけた。そういうところは、有名になってもまったく変わらない兄の美点だと、万介は思う。

「俺たちくらいの年の子供を持ったオジサンオバサンは、少年犯罪の多発に神経をとがらせているんだぜ。いつなんどき自分の息子や娘が、ニュースに出るかはらはらしてるんだ。そんな視聴者に、子供は本来毒のあるものだ、なんていったら神経逆撫でされたみたいで腹を立てるよ」

現実にテレビ局へ集まった投書や電話は、反対より賛成のほうがやや多かったらしい。番組制作者にしてみれば、毒にも薬にもならない意見を述べられるより、賛否こもごもを引き出す意見の持ち主のほうが、視聴率の点でも有望なので、ひと月たたないうちに別な局から出演依頼がきた。それに平行して、週刊誌がグラビアに取り上げたし、総合雑誌がエッセイ執筆を頼んできた。マスコミが喜んだのは、世間知らずの百男のトンカジョンぶりであったようだ。その最たるものは、彼がオープン間近な〝こどもの村〟に嚙みついた一件である。

〝こどもの村〟という名のテーマパークには、いくつかの企業が参画していた。子供の遊びに関心のある百男だから、だいたいの内容は知っている。北陸新幹線が長野まで開通して、東京から日帰り圏内にはいった軽井沢駅の近くに、広大な敷地を擁した第三セクターが対象を児童にしぼった遊び場を造ったのだ。

参加した企業の中にアリス社も栄林学習塾もあったのだが、そんなことにお構いなく、百男はテレビカメラの前で「つまらない」と断言した。遊びにかけて大人は子供に敵《かな》わない、子供たちの意見を大幅に取り入れるべきだというのが、百男の真意であったのに、自分を売り出してくれた出版社に反旗をひるがえす平成の白秋、というイメージで報道されてしまった。

「〝こどもの村〟は完成間近ですから、ぜひ見学にいらしてください。文句をつけるのは、それからにしてくださいね」

白木に釘《くぎ》を刺されて、さすがに百男も恐縮した。担当編集者に頭が上がらないのは、プロの物書きならだれもが経験するところである。つまり百男が、わずか三ヵ月ほどの間に、プロとなりつつある証左といえた。

詩織から電話がかかってきたのは、百男の近況を掲載した雑誌が発売されて間もなくのことだ。

「青木理事長がとても残念がっていらっしゃいます」

というのが、彼女の第一声だった。

「なぜ？」

「有望な人材を失ったといって……理事長は有名人好きですもの」

「ぼくが有名人なのかい」

「そうじゃありませんか。テレビや雑誌で、よく北里先生の名にお目にかかりますもの。あんな身近にいた先生がと思うと、自慢したいような淋しいような……なんだか先生が、ずっと遠くへ行ったみたいで」

「とんでもない」

思わず声高になったので、テレビを見ていた万介がびっくりしたように兄を見た。今夜もまた千三は残業らしく、夜十時をまわっても帰っていない。

「ぼくは不安で一杯だよ」

「北里先生、どんな顔をしてらっしゃるの」

「どんな顔って……ふつうだけど」

「本当は嬉しくて嬉しくて、ウサギみたいにいまも跳ね回りそうじゃなくて？」

ひねくれた子供のような百男の応答を、詩織はからかってやりたかったらしい。だが相手は大真面目だった。

「幸運には一定の量がある、という説を知らないかい」

「え？　なんですかそれ」

「亡くなった藤子《ふじこ》・F・不二雄《ふじお》さんのマンガなんだが、人間だれしも幸運と不幸の率はおなじだそうだ。それなのに、貧乏籤《くじ》ばかり引かされる男がいてね。実は天界のコンピューターが故障して、彼にだけまったく幸運が訪れていなかった。あわてた神様が、滞っていた幸運を一挙に配給したので、確率上あり得ないほどの超幸運に恵まれる話だよ」

「それが北里先生と、どういう関係があるんですか」

「ぼくの場合あべこべじゃないか、そう思うのさ。この程度の才能の男が、受賞して、歌がヒットして、マスコミにちやほやされる。これって少々出来すぎじゃないのか、近いうちとんでもない凶運に見舞われて、あっという間に息の根を止められるんじゃないか、そんな気がしてならないのさ」

「先生……先生てば！」

電話の向こうで、詩織は地団駄踏んでいるみたいだった。

「なんてことおっしゃるの。先生が受賞されるの、当たり前だと思います。あれほど一所懸命、子供と取り組んでいた先生だもの。ヒットしたのは、先生がお持ちの童心が、いまの子供のハートに共鳴したんだわ！　だからもう、そんな情けないことおっしゃらないでください」

「ありがとう、美山先生」

兄が電話にむかって頭を下げたので、万介は声をたてずに笑った。美山……詩織っていう人なんだな、電話の相手は。まだ百男が学習塾に勤めていたころ、再三その名前を口にしたことがある。清潔で真剣で、あんな娘がほしいといっていた。でも当人が聞いたらがっかりするんじゃないかな。その詩織って人、兄貴を好きみたいだから。感受性にたけた万介は、会ってもいない詩織の気持ちをちゃんと摑んでいる。

電話を切った百男がふりかえると、テレビのスイッチを切った万介は、まだにやにやしていた。

「なんだ。なにかいいたそうだな」

「ううん、別に……美山先生って、美人なの」

「美人だ」

あっさり百男が肯定する。

その顔をつくづくと見て、万介は内心ため息をついた。

(こりゃダメだ)

正直な百男だから、少しでも彼女に気があるなら、照れてもたつくに違いない。それがこの調子では、

(美山詩織って人にはわるいけど、脈ないな)

そう思わないわけにゆかない。やはり兄貴は、瑠々ちゃんのママを忘れられないんだ。

「どうした、黙りこくって。いいたいことがあったら、いえ」

「だからさあ……」

困ったあげく思い出した。「白木さんから、電話があったよ」

「え、いつ」

「えっと、俺が下校してすぐだから、五時ごろかな」

「なんといってた」

「原稿、この調子でつづけてくれって」

「そうか！」

てきめんに笑顔になる。まったく裏表のない兄貴だ……よくこれで、浮世の荒波を渡

ってゆけるなと、万介は考える。羨ましくもあり、危なっかしくもあった。

「この調子といってくれたか。やれやれ」

「つづきって……そんなに長い童謡かい」

「いや」

ちょっと考えてから、いった。「白木さんは内緒にといったが、マンスケならいいだろう。生まれてはじめて小説を書いてるんだ」

「へえっ、兄貴が」

「そうふしぎがるなよ。すすめ上手だからな、あの女史は。ついてるいまが、攻めどきだというんだ。白秋先生も童謡だけでなく、短歌をつくった。民謡をつくった。歌謡曲をつくった。散文詩をつくった。あなたも新しい冒険を試みてほしい。噛みつくような調子でいう。怖くなったよ、俺は」

本当に白木を怖がっている表情なので、万介が大笑いすると、百男は膨れ面になった。

「誇張じゃないぞ、マンスケ。とにかく迫力のある編集さんだよ。お前もパーティで会ってるだろう」

「うん。見栄えのする人だったね。兄貴が頭が上がらないの、無理ないって。きらプロに売り込んでくれたのも、その人なんだって？　平成の白秋を誕生させた、大恩人じゃないか」

「その通りだよ。パーティで話を聞いたときは、なにがなんだかわからなかったが、まさかあんなに受けるとはな。……で、まあ試しに小説を書いてみせたんだ。頭の十枚ばかりだけどね」

「それが合格したのか」

「らしい……児童対象でなく、大人むけに、まったく新しい視点で書けといわれてね。だいたいの話は打ち合せずみだったが、それにしても」

　あんな作でよかったのか、というように首をひねったものの、最後は笑顔で終わりになった。

「頑張ってつづきを書くさ。千三にも楽をさせてやらなきゃな」

「兄ちゃんが留守のときに、千三兄ちゃんがしみじみいってたよ。あっという間に、俺が足元にも及ばないほど稼ぐようになったって」

「ふふん」

　まんざらでもなさそうに、百男は鼻を鳴らした。「まあな。いまの調子が長つづきするならな……」

　そこで彼は、重大事を話すように左右を見た。

「まだいないのか？」

「なにが」

「彼女だよ」

「お、俺？」

あたふたする万介に、百男が大笑いした。

「ばか。千三に、彼女はいないかというんだ」

「なんだ、そうか」

「お前の彼女なら、瑠々ちゃんに決まってるだろうが」

「こら、兄貴」

「なんだ、なんだ、その目は」

「いい加減なことをいうな！　俺、本気で怒るぞ。いいたかないけど、ふつうの家族なら反抗期真っ盛りだぞ」

二十いくつ年が違う弟に剣突を食わされて、平成の白秋は真顔になった。

「そうか。そうだな……すまん」

簡単に謝られて、万介は滑稽にも戸惑ってしまった。

「そうあっさりいうなよ」

「お前に謝ったんじゃない、瑠々ちゃんに謝ったんだ。冗談半分でいうこっちゃない。……お前らの人生はまだ始まったばかりだからな」

「よせよ、兄ちゃん」

縁起でもないとばかり、万介が手をふる。「そんないい方すると、兄ちゃんの人生終わったみたいだ」

のちに考えると、万介の言葉は見事に的中したことになる。あんなことをいわなければよかったと、万介はいく度となく後悔した。

2

秋も深まった一日、百男は約束通り定光寺の別荘を訪問することにした。お膳立てしてくれたのは、もちろん白木女史である。

北陸新幹線の軽井沢駅に下りて、あまりの変貌に茫然となった。

彼が軽井沢を訪れるのは、十年ぶりのことだ。まだ父と義母は元気だった。幼い万介を連れて、千《せん》ヶ滝《たき》の貸別荘で盛夏を過ごしたことがある。若い義母は血のつながらない息子ふたりにやさしかったが、料理の腕は百男のほうが達者だった。アルバイトで東京を離れられない千三をのこして、百男はほとんど出張シェフだった。暑い東京にひとりのこった弟が気掛かりで、百男だけ三日早く帰ることになった。最後の日の昼食は、四人そろってホテルへ行った。あいにくその日の万介は機嫌がわるく、食事の終わりごろにワンワン泣きはじめた。あやそうとする義母を制して、百男が立ち上がった。息子ほど年が離れた弟を、緑濃い庭へ連れだすと、外国人の老夫婦がセントバーナード種の大型犬を伴って、ゆったりと涼んでいた。動物好きな万介がたちまち目を輝かしたので、百男は老夫婦に頼んで、セントバーナードに万介の相手をしてもらった。機嫌を直した万介を食堂に連れ帰ろうとすると、父と義母の後ろ姿が窓越しに見えた。ウェイターや他の客から死角になるテーブルの蔭で、ふたりは手を取り合っていた。悪いものを見たような気がして、百男は回れ右をした。抱いている万介のお尻をつねってやりたい衝動を、彼はこらえた。結婚して半年で、義母は万介を生んでいる。新婚気分に浸る暇がなかったことは理解できる。だが——父はもう自分たちの母を忘れてしまったのだろうか。おっとりした百男とはいえ、不快な気持ちになったものだ。

軽井沢の駅に立って、百男はそのときのことを思い出した。

つづけざまに、もうひとつ思い出したことがある。苦い、やりきれない思い出。父と義母は、焼け跡で折り重なって黒こげになっていた。父が抱いていたのは、百男と千三の亡母の位牌であった。父は決して母を忘れていなかったのだ。だから位牌を取りに引き返した。義母はその父に殉じた。火勢の激しさを思えば、愚かな真似だったといえる。

だが百男はそっとつぶやく。

「俺はそんなことはいわないよ」

かつての軽井沢駅は、地平の駅だった。いまは堂々たる橋上駅だ。昭和初頭にできたもとの軽井沢駅は、影も形もなかった。駅舎の二階からのびたペデストリアンデッキが、国道をまたいで旧軽へむかう道につないでいる。これまでなかった南のプリンスホテル側にも出口が造られ、南北に自由通路が設けられた。おかしいのは新幹線の表示で、東京駅では〝長野行新幹線〟、それも「行」の文字を小さく記入するなど神経を使っていたのに、ここまでくるとただ〝新幹線〟としか記されていない。長野行新幹線は北陸新幹線の一部なのだから、そう書けばいいことはわかっているが、それでは現在JR東日本が北陸へいちばん早いとPRしている、上越新幹線経由ほくほく線が霞《かす》むだろう。といって長野新幹線と書けば、その先のレールを敷かないつもりかと、長野以遠の経由地から文句がくる。やむなく「行」の文字入りの新幹線表示になったそうだ。

実態より言葉を大切にするのが日本の伝統的精神かと、百男はおかしくなったが、おかげで詩や短歌や俳句が大切にされるのかもしれない。

だいたいの場所は白木に聞いていたので、タクシーに乗る。

秋も深まったいま、平日の人出はさして多くないと、運転手はぼやいてみせた。観光客の動向もさりながら、東京に通勤可能な時間的距離へ引き寄せられた軽井沢が、これからどんな変質を見せるかが、運転手の関心の的のようだ。

左に併走する新幹線のレールが、変わった眺めだった。東北・上越新幹線と違って建設予算を節約した結果、高架を排した距離が多くなった。新設された新幹線の駅にしても、上田をのぞくすべてが地平に建設されている。佐久平駅《さくだいらえき》など在来の小海線《こうみ》を高架にして、新幹線駅はその下をくぐっているらしい。工事費を圧縮するために違いない。

やれやれと百男は思う。子供の目から見たらどうだろう。

はっきりいって百男に鉄道の知識はない。だが万介がぼやいていた内容は、いまも頭にのこっている。

長野と東京をビジネスで行き来する大人なら、早く行けると喜ぶだろうが、それだけだ。幹線のひとつであった信越本線は、もののみごとに分断され、両端がローカル線としてのこった。軽井沢・横川間を廃止されたのでは、むろん貨物は移動不可能だ。安価な普通や快速列車に乗ろうにも、万一新幹線が事故っても、代替すべき在来線はなく、すべてバスに頼るしかないのが現実だ。東京と往来するのは便利になったが高く、県都から東信の小都市へむかうのは不便だが安くならない。いまの子供が大人になったころ、長野オリンピックの記憶なぞとうに消え、のこるのは幹線レールを分断された事実だけだ。むろんその時代には、いまの責任者は死に絶えているし、大人になった子供たちは、親を見習って我田引鉄の新幹線版を繰り返しているだろうが。

白けた口ぶりで万介はいった。大人は先に死ぬから気楽だよ。俺たちは一生かかって大人の尻拭いをするんだぜ。

ごもっともと笑う気にはなれなかった。

鉄道のことはわからないし、政治も経済もちんぷんかんぷんといっていい。わかっているのは、後の世代に俺たちの時代のツケを残してゆくのはまずいよな。それだけだ。子の代まで払いつづける住宅ローンがあるそうだが、借金ぐらい自分の代で済まさなくては、人類は——少なくとも日本は——滅亡するんじゃないかしらん。

いまの子供がわからないと、大人はいう。子供から見れば、そんな大人のほうがもっと理解しにくいだろう。

「このあたりですかね」

運転手が声をかけてきた。「からまつガ丘という看板を過ぎましたよ」

季節が季節なら緑したたる一帯だろうが、見渡す限りのカラマツはほとんど葉をふるい落としていた。地面は濃い茶色で舗装されたみたいだが、すべてびっしりと敷きつめられたカラマツの落葉だ。

別荘地に人の気配はなかった。林の中に点在する家は、どこも雨戸を締め切っており、駐車した車の姿もない。

いそいで百男は地図をチェックした。ファックスで白木から送られてきたものだ。

「あと三軒分、奥にはいってください」

地図は正確だった。

浅間山の噴火の名残か、黒っぽい礫岩《れきがん》を積んだ門柱があり、〝定光寺〟と嵌めこまれた表札が見えた。

質素なたたずまいだが、門から玄関まで十分な距離がとってあり、カラマツ林に埋め尽くされた庭はかなりな広さがありそうだ。一角にパーキングエリアらしい空き地があったが、車はいない。夫人は免許を持っていないから、定光寺だけが使うのだろう。

デザイン的には地味な別荘だが、二階に大ぶりなバルコニーが設けられていて、葉の落ちた今は浅間山を遠望できる絶好のスペースだ。総体にレジャーというより生活の場として設計されており、これ見よがしなところがないのに好感を持った。

タクシーを帰した百男は、玄関に立った。敷石の間の草は丹念にむしってあり、柱にかかった軒灯にもクモの巣ひとつかかっていない。人けのないほかの別荘と違った、生活の匂いがたちこめていたが、その一方（こんなにきれいに住むのは、大変だな）と主夫らしい感想を抱く百男でもある。定光寺章子という婦人は、こまめで潔癖な女性なのだろう。かつては映画女優としてそこそこ名をあげた美女である。名越がおかしなことをいっていた。現役時代の彼女を早川俊次が夢中で追いかけていたそうだ。スキャンダルの対象としてではなく、純粋にファンだったというから、人はわからないものである。そういえば、写真で見た章子夫人は、兎弥子に似た日本的な容貌だ。早川の好みのタイプに違いない。その彼女が定光寺と結婚したときは、さぞがっかりしたことと思う。

（定光寺先生はダンディだからな。お似合いのはずだろう）

結婚して十二年たつはずだが、子供はなく、夫人はいまも昔の美貌を保っているに違いない。そんな女性の詩作を見てやるというのは、悪くない気分だった。

インターフォンのボタンを押した。

家の内部でかすかにチャイムが鳴っていた。

だが、いっこうに反応がない。

「おかしいな」

ひとり言を漏らして、もう一度押す。やはり応答はゼロだ。

百男は腕時計を見た。

十三時四十分。

約束した時間に十分遅れたのは列車が延着したからだ。駅構内から電話をかけようかと思ったが、相手は自分の家にいることだし、弁解するより先にタクシーを拾ったのだが、ルーズ過ぎたろうか。

家や庭の手入れを一瞥《いちべつ》して、夫人の神経質ぶりを想像しただけに、百男は心配になった。急な用件で家を出たのなら仕方がない。帰ってこられるのを待とう。半ば諦めながら念のためドアを押した。

びっくりするほどスムーズに、ドアは開いた。

重厚な樫《かし》の扉であったが、軋《きし》みもせずに動くのはさすがだ。

夫人は自分が訪問することを知っている。それで予《あらかじ》めドアを開けておいたのか、と思って百男は声を張った。

「ごめんください」

依然として、答えはない。

「遅くなりました。北里百男ですが」

八畳ほどの玄関ホールは洋風に纏《まと》められ、じかに階段がのびて二階に通じている。正面と左手にドアがあって、どちらも来客を拒否するようにしっかりと鎖《とざ》されていた。

だが。

百男はちょっと目を大きくした。

コーナーに飾られていた花瓶が、転げ落ちている。活けられていた真紅のバラが床に投げ出された様は、まるでこの家が血飛沫《ちしぶ》いたように見えた。水が絨毯《じゅうたん》を墨のように漏らして、百男の足元まで流れている。花瓶が壊されてから、なにほども時間は経過していない。

百男はもう一度絨毯を見下ろした。土の跡が点々とつづいていた。外を歩いてきた者が靴履きのまま、正面のドアへ押し入った有り様が手に取るようだ。

百男は思い切ってホールを横切った。

「奥さん……失礼します」

声をかけた上で、ドアを蹴り飛ばした。

びっくりするほど大きな音をたてて、九十度開いたドアが跳ね返ってきた。

片手で抑えて、廊下にはいる。

右手にリビングルームが広がっていた。大型の書棚に堂々たる全集ものが並んでいる。ロッキングチェアが火のついていない暖炉の前で、人待ち顔だった。

左手はダイニングスペースらしい。おそらくさっき見たドアは、食堂やキッチンに通じる裏動線の入口だろう。

「奥さん、いらっしゃいませんか」

できるだけなにげない調子でいおうとしたが、決して勇敢でもタフでもない百男の声は、情けなくうわずっていた。

床をチェックすると、ひとつまみほどの土が廊下の奥につづいていた。

リビングの向こうは寝室だろうか。

ドアのノブに手をかけた百男は、念のためにもう一度呼ばわった。

「奥さん、どこです？」

ただしそっぽを向いて叫んだ。

万一寝室の中で何者か――白昼の侵入者が、息をひそめていたとしたら。そして百男が飛び込んでくるのを、いまや遅しと待ち構えていたら。いまの百男の声は、そいつに聞かせるためのフェイントであった。

つづけざまに彼は、行動を起こした。

寝室らしいドアを蹴飛ばしてから、壁際に身を寄せたのだ。

あまりに鼓動がけたたましく、寝室に潜んだ侵入者にまで聞こえるのではないかと、不安になった。そのままの姿勢で、百男は膠着《こうちゃく》した。

ハアハアという息遣いの激しさに、自分で驚いてしまう。

ドアのむこうはやはり寝室らしかった。正面の壁に大きな姿見が置かれて、その隅にベッドの一部が映っていたからだ。

だがそれ以上のことは、なにもわからない。

窓にはカーテンがかけられており、隙間から流れこむ外光が、辛うじて部屋の照明になっていた。

「……」

いつまでたっても、寝室の中の空気はソヨとも動かない。

突然百男は、ひとり合点な笑劇《ファルス》を演じているような気になった。

奥さんは留守なんじゃないか。

玄関のドアは単に鍵のかけ忘れじゃないか。

絨毯の土は、それ以前に奥さんが出入りしたときつけたものではないか。

花瓶は、そのとき体に触れて倒れたのではないか。

後片付けをする間もないほど、急用だったのではないか。

理屈はどうにでもついた。焦《じ》れきった百男には、どれがどんな屁《へ》理屈でもかまわなかった。この息詰まるようなせまい空間から、抜け出すことができるなら。

とうとう百男は、決意した。

寝室へ躍り込むのだ、そこに人がいようがいまいが決着がつく。

声ひとつかけず、百男は寝室へ飛び込んだ。

淡い斑《まだら》な陽光が、三十平方メートルほどの寝室をぎりぎりの照度に明るませていた。

だしぬけに百男は、それまで感じられなかった人の気配を嗅ぎとって、はっと体をそちらに向けた。

そして立ちすくんだ。

子どもの村は子どもでつくろ。
　合唱「みんなでつくろ。」
赤屋根、小屋根、ちらちらさせて、
　合唱「みんなで住まうよ。」

子どもの村は垣根なぞよそよ。
　合唱「ほんとによそよ。」
草花、野菜、あつちこつち植ゑて、
　合唱「すず風、小風。」

（中略）
子どもの村はお伽の村よ。
　合唱「お夢の里よ。」
星の夜、話。月の夜、お笛。
　合唱「すやすや眠《ね》よよ。」

子どもの村はいつでも子ども、

合唱「いつでも春よ。」
子どもの祭、おてんとさんの神輿。
合唱「わつしよ、わつしよ、わつしよな。」

第四章　子供の村

1

悲報が北里家にもたらされたとき、万介は尋ねてきた瑠々の勉強を見てやっていた。いつものように、母親がこしらえた料理を運んできたのかと思ったのに、当てが外れた。

「ごめんね、万介くん。宿題がわからないの」

「なんだ……」

てきめんにがっかりした声を出してしまった。

「それだけの用できたの？」

「うーん」

（どうしようかな）というように、口を尖らせてから瑠々はいった。

「ま、いっか。やっぱり子供は食い物で釣るのがいちばんだもんね。はいっ」

小さな四角い紙箱が、勉強道具を入れたショッピングバッグから現れた。

「これ、なに」

「ケーキなの」

ちょっと恥ずかしそうだった。「手作りよ」

「へえ！　瑠々ちゃんが作ったのか」

「うん……おいしいといいんだけど。嘘でもいいからおいしいといってね」

俯《うつむ》いて箱を開ける瑠々を見て、万介はほんの少しどきっとした。羽織ってきた厚めのコートを脱いだので、季節にしては薄着だった。そのおかげで、少女の胸のふくらみに気づくことができた。

夏休みにはわからなかったバストの盛り上がりが、なぜいまごろ目に止まったんだろう？　マンスケは日に日にのびるなあと、昨日も百男兄ちゃんに感心されたばかりだ。育つのが俺ばかりじゃないことを、万介はその目で確認する羽目になった。

「はいっ」

勢いよく箱を開けて万介を見る。首をかしげたそのポーズから、反射的に万介は目をそらしてしまった。

「あれ、万介くん、嫌いなの？」

「ううん、大好きだよチーズケーキ」

「よかった」

瑠々の笑顔はつくづく可愛いと、万介は思う。そんなときの少女は、心底子供っぽい表情になる。

「食べてみて。みてみてみてみてぇ」

「よし、食べてやる」

偉そうにいって手をのばしたとき、電話のベルが鳴った。

「ちぇっ、食べ損ねた」

しかめ面をしながら、受話器を取った万介が怪訝《けげん》な顔つきになった。

「はい、北里ですけど……百男ならぼくの兄ですが……なんだって！」

突然少年の声がうわずったので、驚いた瑠々が見つめた。血の気が引くという表現そのままに、万介の顔は紙みたいに白茶けていた。

「そんなはずない！」

声を震わせながら、万介は怒鳴った。それでもすぐ立ち直ったのは、彼らしい。

「すみません……あまり不意だったので……たしかに兄なんでしょうか……はい、もちろん行きます。中軽井沢警察署へ伺えばいいんですね。すぐこれから行きます！」

受話器を置いた万介は、その場に座り込んだ。焦点の合わない目が、窓から壁までを意味なくまさぐっている。

ようやく瑠々が、言葉をかけた。

「お兄さんがどうしたの」

「死んだ」

「嘘」

「俺もそういった……でも警察では間違いないといってる……運転免許証と遺書が……ポケットに」

言葉を切った万介は、天井を見上げて絶句した。目尻から涙がひと筋流れ落ちるのを、瑠々は茫然とながめていた。

「死ぬなんて、そんな……えっ、遺書ですって！」

「左胸をひと思いに突き刺したって……ナイフでさ」

「ひと思いに」

「ああ、ひと思いに……」

つぎの言葉を探っていた万介が、不意に体を起こした。

「自殺なんて、そんなわけない！」

「でも警察はそういったの？」

「警察がいったからって、それで決まりってもんじゃないや」

万介は瑠々を睨みつけた。おそろしく強い目の光だ。あわや瑠々が悲鳴をあげたくなったほどだ。だが少女はそうしなかった。ぎゅっと拳を握り唾を飲み込んで、万介に対抗した。ここで目を逸らせては彼に悪い。そんな気がしたのかもしれない。

「瑠々だってそう思うだろ、あの兄ちゃんが自殺なんかするタマじゃないって」

「思うわ」打てば響くように瑠々が答えた。万介を慰めるため口走ったのではない。

「だっておじさんは、童謡で賞をもらったところじゃない。歌がヒットしてお金を稼ぎ出したばかりじゃない。いまおじさんに死ぬ理由なんかないもん」

「ありがとう、瑠々」

万介はぽたぽたと涙をしたたらせた。

俺ってこんなによく泣く奴だったのかな。反省しながらだったが、後から後から涙が湧いて出た。

涙を流しっ放しにしたまま、プッシュホンのボタンを押した。

「もしもし……北里はまだ会社にいるでしょうか」

声が湿らないよう、必死に堪《こら》えている。

「そうですか」

肩が落ちた。「わかりました。ぼく、弟の万介といいます。もし北里から連絡がはいったら、急いで家に連絡するよう……お願いします」

深々と頭を下げて、受話器を下ろした。

「万介くん」

ふりかえると、はっとするほど近くに瑠々の顔があった。睫毛が震えているのまで、よく見えた。

「お兄さん、いないって?」

「営業で出てる……場所はわからない、今日はもう社にもどらないらしい」

「ピッチかケイタイ、ないの」

「そうだ、私用でPHSを持ってるんだ」

あわててプッシュしてみたが、駄目だった。圏外に出ているのだろうか。いても立ってもいられない気持ちを抑えるのに、苦労した。

遠慮がちに瑠々が頼んだ。

「電話、貸してもらっていいかしら。ママにも教えてあげなくては」

「ああ……そうだったね」

吐息を漏らして、万介は場所を譲った。

瑠々がプッシュする音を背中で聞きながら、少年は洗面所にはいった。足を運ぶ度にゆらゆらとマンション全体が揺れるような気がする。鏡の前に立って、自分の顔を見た。青ざめて唇を歪ませた、生気のない万介がいた。

「しっかりしなければ……しっかり」

お前は理科系だよな。そういって笑った百男の声が蘇《よみがえ》った。クラスメートが揃って盛り上がる学園祭でも、万介は冷静なポーズを崩さず、それが気に食わないとつっかかる生徒がいたほどだ。内心では彼も反省していた。

（俺って子供らしくないもんなあ）

その冷静さを、こんなときこそ生かさなくては。

そう思った。思う自分のおなかの底に、冷たくて重いものが座りこんでいるみたいで、万介は全身の脱力感と戦っていた。

もう一度鏡をのぞいて、むりやり笑ってみた。

いっそう顔が歪んだだけだった。

兄ちゃんはいったっけな。泣くより怒れ、怒るより笑えって。どんなつらいことがあっても、時がすぎれば、なんだそんなことだったのかと思って、笑えるようになる。

そう教えてくれた兄貴が、自殺なんかするもんか！

「遺書がありました」

若い警官の事務的な言葉が、鼓膜に耳垢《みみあか》のようにのこっていた。

嘘だ。自殺なんかしない、あの兄ちゃんにかぎって、絶対に！

鏡の中の万介が、歯を剝きだしていた。

チンという音が聞こえた。瑠々が受話器を下ろしたのだ。

急いで万介は、ザブザブと顔を洗った。晩秋の水道水はキリッと冷えている。タオルで顔を拭くと、頰に血がもどってきてくれた。

「大丈夫？」

瑠々が洗面所を覗き込んできた。

「ああ」

なにが「大丈夫」だ。俺は瑠々よか年上なんだぞ。

「ママ、泣いてた」

「……そう」

「すぐここへくるって」

「お父さんは」

「いない。いつだっていない人よ。だからすぐこられるわ」

「ありがとう」

万介は時計を見た。午後五時を二十分ほど回っていた。警察にはいますぐ行く、と告げてある。千三兄ちゃんに連絡がとれるのは、いつになるのだろう。

「……ケーキ、食べない？」

そっと瑠々がいった。

ケーキどころじゃないと叫びかけて、とっさに万介は反省した。目の前に瑠々の、真剣そのものの顔がある。頬に涙の跡が見えた。電話で事情を話す間に泣いたのだ。弟の俺なみに、百男兄貴の死を悲しんでくれている。それがわかった万介は、素直にうなずいていた。

「食べるよ」

テーブルの上で、ケーキが乾いていた。

「ナイフとフォークがいるな」

キッチンの引出しをがたつかせたら、また思い出してしまった。主夫を自称していた兄は、しょっちゅうこの場所に立っていたっけ。ガタのきた引出しを、だましだまし使っていた……そのうち直すといいながら。

引出しからナイフを取り出した。ナイフ。これだ。これで兄ちゃんは自分の胸を刺したんだ。——違う、あの兄貴が自分で刺すはずがない！

立ちすくんでいる万介に、瑠々が呼びかけた。

「どうしたの、万介くん」

「どうもしないさ」

我に返った万介は、わざと陽気にナイフやフォークをがちゃつかせて、テーブルまで持ってきた。

「瑠々ちゃんの手製だもんな。大切に食べなきゃあ」

丁寧にナイフを入れて、そのひと切れを口へ運んだ。瑠々が見ている。

「おいしい？」

「おいしい！」

万介は笑った。ちゃんと笑うことができた。でもケーキの味は涙まじりで塩《しょ》っぱいような気がした。

「おじさんにも、食べてほしかったな」

瑠々の目にまた光るものが溢れだしたのを見て、万介は不意に怒鳴った。

「兄貴は殺されたんだ！」

「万介くん」

びっくりした瑠々を無視して、少年は夢中でつづけた。自分でもなぜそんな言葉が次から次へ湧いてくるのか、ふしぎだった。

「そうだ、殺されたんだよ。自殺するはずのない兄ちゃんの胸に、ナイフが刺さってたのなら、兄ちゃん以外のだれかが刺したんだ。そうに決まってる。俺、警察にそういう！　これは殺人事件なんだ、ちゃんと捜査してくださいって！」

ナイフをテーブルに投げ出して、万介は瑠々を見た。

「瑠々ちゃんだって、そう思うだろ。自殺するはずのない兄貴が死んだというのなら、殺されたに違いないって！」

しばらく万介を見つめていた少女が、やがてはっきり答えた。

「私もそう思う」

「よォし、意見一致だ」

フォークを摑みなおして、ケーキをむしゃむしゃとやった。今度は涙の味なんてしなかった。

「おいしいよ、本当だよ」

「……よかった」

いってから、瑠々は目を伏せた。兄の死に直面している万介に、いっていい言葉ではなかったような気がしたのだ。

「中軽井沢っていったわね」

「うん」

「そんなところでお兄さん、亡くなったの？」

「定光寺先生の別荘へ行くといっていた。でも死んだ場所は違うんだ。〝こどもの村〟

だって」

「〝こどもの村〟……」

瑠々が目を見張った。

「知ってる」

「俺も知ってるさ。この暮れにオープンするテーマパークだもの」

「どうしておじさんが、そこで……」

万介の強い視線を感じながらつづけた。「死んでたというの？」

「そんなことわからないよ。だから大急ぎで行くんじゃないか」

そうさ、俺は軽井沢へ行く。行って、警察に文句をつけてやる。北里百男は自殺なんかしません。殺されたんです……。

「瑠々ちゃん？」

万介が声をかけた。少女がとりわけたケーキに見向きもせず、じっとあらぬほうを見つめていたからだ。

「どうかしたのか」

「もしおじさんが殺されたのなら、その犯人はだれだろうって……」

「え」

「おじさんにいちばん腹を立てていたのは、あの人じゃないか。たったいま、そう気がついたから」

あの人だって？　問い返そうとした万介はその必要がなくなって、口ごもった。瑠々のいう〝あの人〟とは、早川俊次カメラマンに決まっている——瑠々の父親。

唐突に万介は、口の中のチーズケーキが水を吸ったスポンジみたいに、途方もなく膨れ上がるのを感じた。

2

新幹線『あさま』５３４号が夜の空を駆けていた。東京行き上り最終列車である。軽井沢駅22時14分発。辛うじて万介だけ間に合った。新幹線ではじめての三十パーミルというきつい勾配を、長大トンネル三本を介して走り抜ける。かつての碓氷《うすい》峠越えを思えばそのスムーズな動きは驚異的なはずなのに、乗車率四十パーセントほどの乗客は、なんの感慨も見せずにただ眠りこけていた。

もしかしたら目をさましているのは、俺だけかも。

そう思いながら万介は、窓ガラス越しに、こうこうとかがやく空の月を見つめていた。ただしトンネルへはいるごとに、びっくりするほど明瞭に自分の顔が浮かび上る。

少年は長兄の死を確認して、折り返し東京に帰る途中であった。

遺体解剖の手続きやその後のこともあるので、千三は軽井沢に泊まるという。万介ものこりたかったが、お前は家に帰って、だれに連絡するのか住所録を当たってくれといわれて、しぶしぶひとりで『あさま』に乗ったのだ。

行きもひとり、帰りもひとり。

あわただしく孤独な往復であった。

千三は、彼が中軽井沢署に着く直前、警察に連絡を入れていた。

「いま軽井沢に向かっている途中です。私が到着するまで、万介を待たせていただけませんか」

けっきょく千三は、万介の二本後の『あさま』に乗ってやってきた。

兄弟が揃ったところで、百男と対面した。

そのときのショックを、思い出したくない。人が死ぬ場面を、万介はこれまでなん度テレビや本で見たり読んだりしたことだろう。そんな仮想体験が、いざ現実の肉親の死にぶつかったとき、なにほどの役に立つものか、万介はたっぷりと思い知らされた。

百男兄貴の死に顔は、ひと口にいえばどうであったか。

驚愕《きょうがく》。

それだけだ。

兄貴はびっくり仰天しながら死んだ?

そうとしか思えない表情のまま、ことされていた。

中軽井沢署に、死体置場はない。百男の遺体は、だから最寄りの病院の霊安室に安置されていた。

顔を覆った白い布をナースがめくった。合掌して覗き込んだ千三の肩に、万介の肩がぶつかると、兄の体は頼りなくよろめいた。

兄弟は肩を寄せ合うように、百男を見つめていた。

背後にひかえていた私服の警官——中軽井沢署の捜査一係長、武井《たけい》警部と紹介をうけた——が、静かに声をかけた。

「北里さん」

声がかからなかったら、ふたりは当分の間その場に立ちつくしていたに違いない。

ほっとため息を漏らした千三が、体を回した。

「たしかに、兄の百男です」

「……信じられない」

万介はまだ兄の死に顔を睨んでいる。千三がその肩に手をあてた。

「俺だっておなじさ」

「お気持ち、お察しいたします」

口数の少ない武井であったが、それだけ言葉に重みがあり、万介は信用できそうな人だと思った。

兄弟を別室に案内した武井は、質疑をまじえながら百男の最後を話してくれた。それによると兄は、〝こどもの村〟メインホールの客席で左胸部の急所を、ただひと突きして死んでいたそうだ。

「兄はどうしてそんな場所で死んでいたんでしょうか」

性急に千三がただしたところを見ると、彼も万介どうよう、百男の死が信じられないのだ。

武井は、首をふった。

「まだわからない、と申し上げておきます」

「〝こどもの村〟は工事中だったんでしょう?」

万介が質問する。「クリスマスにオープンすると、聞いてました」

「そのようだね」

千三に対するときとでは、武井の言葉遣いが微妙に異なった。大人相手と子供相手の差なのだろう。

「だが工事はほぼ完了していたよ。内装と造園も終えて、道具類の搬入をぼつぼつやっていた」

ああそうか、と万介は先日読んだばかりの雑誌〝少年ウィークリー〟の記事を思い出した。はじめ〝こどもの村〟は、秋のシーズンに間に合わせようと、工事をすすめていたらしい。その計画が大幅に遅れたため、クリスマス目当てに開業することになったのだ。

敷地が軽井沢と中軽井沢のほぼ中間、離山《はなれやま》の山麓なので、標高は千百メートルになる。降雪量はさして多くないが、寒気はきびしい。ウィンタースポーツの冬はともかく、晩秋はいちばんのシーズンオフである。紅葉の季節をねらえないなら、いっそ年末のイベントにぶつけようと、経営側が考えたのは当然だろう。

そのおかげで、時間に余裕が生まれた。企画の練り直しやゲーム機器の改良が繰り返されて、少年誌の記事によれば、

「ますますぼくらの期待は高まったぞ！」

ということになる。

武井はふたたび千三にむかって話しはじめた。

「〝こどもの村〟はオープン前なので、最小限の警備員が配置されただけでした。敷地は三万平方メートルあっても、大仰な柵や仕切りは作られていないので、外部から侵入することは比較的簡単でしょう。もっとも、建設されたパビリオンのそれぞれは、厳重にロックされていますから、仮に泥棒が入っても実害はないはずです」

「でも兄ちゃん……兄は、ホールにはいって死んだんでしょう？」

万介がいうと、武井警部は律義に少年に向かって答えた。

「そうだよ。ホールにも鍵がかかっていた」

「じゃあ兄は、どうやってそこへ入ったんだろう」

「それは兄さんが、鍵を持っていたからだよ」

子供にいって聞かせる口調だった。もちろん万介は、警部の目から見れば子供に違いないのだが。今度質問したのは千三だ。

「兄は鍵を持っていたのですか」

「遺体の足元に落ちていました。足元というより、血の中に沈んでいた……いや、失礼」

狼狽したのは、死者の遺族、それも子供に聞かせる話ではないと思ったからだろう。

千三が眉をひそめた。

「血の中に沈むというのは、その……」

大量に出血した兄の死にざまを想像したものとみえる。

万介が口をはさんだ。

「ビニールが張ってあったんですか、警部さん」

「ほう」

武井の顔がきゅっと締まった。

「椅子にも床にもビニールシートが張ってあった。だから流れた血の行き場がなくて、兄の下に溜まっていたんでしょう」

「よくわかったね」

「雑誌の写真で見ましたから。オープン前に汚れないようどこもかしこもビニールを張ってある。養生っていうんですね」

「その通り」

「兄はナイフで胸を刺したと聞きましたけど、ためらい傷はあったんでしょうか」

「なんだ、そのためらい傷というのは」

千三が聞いてきた。

「刃物で自殺しようとして、喉や胸に刃をあてがうだろう。でもひと思いに突くとか刺すとか、できるもんじゃない……致命傷を受ける前に、軽い傷がなん箇所かできる。それをためらい傷というんだ」

「お前らの世代は、頭でっかちで困る」

千三はぼやき、警部の手前申し訳なさそうな顔をつくった。だが武井は、率直に感心してみせた。

「なかなか鋭いとこを突くね。きみが指摘したためらい傷は、ない」

「全然なかったんですか？」

「いや。……傷はなかったが、コートの胸あたりに何度か刃を立てた形跡はある。生地がほつれていたし、ナイフの刃にそれらしい繊維が付着していた」

「そのナイフですけど、兄がそんなものを持っていたなんて、ぼく知りませんでした。……兄貴は知ってたか？」

弟に尋ねられて、千三も首をかしげた。

「いや、俺も知らないぞ」

「どんな凶器だったんですか」

凶器という単語に、武井が苦笑で反応した。

「特殊なナイフだよ。いずれ調査が終わったときには、お返しする品です。当然弟さんのあなたたちなら、ご存じと思ったのだが……」

「特殊、ですか？　どんなふうに」

千三も関心を持ったようだ。

「あれはカスタムナイフという道具ですね」

「カスタムナイフ？」

千三にその方面の知識は皆無のようだ。かえって万介が知っていた。

「西部劇のヒーローが持ってるみたいな、恰好《かっこ》いいナイフでしょう。えっと、ラブレスとかいう人がナイフ作りの名人なんだ」

「きみ」

武井警部は呆《あき》れたようだ。「どうしてそんなことを知ってる？」

「べつに」

しゃべりすぎたと思ってか、万介は肩をすくめた。やはり少年誌で得た情報である。

「……ま、弟さんにこの程度の知識があるんだから、亡くなった北里氏が実物を持っていたとしても、ふしぎは」

「いや……やはりふしぎです」

千三まで、そう断言した。「兄はそういってはなんですが、子供のような大人でした。そんな特別製のナイフに関心があるとは考えられない」

「子供のような大人だから、ナイフが好きだった。そうは思えませんか。……この弟さんみたいに」

ひきあいに出されて、万介は頰をふくらませた。

「好きじゃないです。ただミステリで読んで知ってただけです」

「好きこそものの上手なれ、という諺《ことわざ》があるんだよ」

いい聞かせる口調だったが、自分をみつめる少年の顔に気がついた。「いまどきそんな諺なんて、きみたちは知らないだろうね」

この警部さん、精力的で若く見えるけど、案外年をとってるんだな、というのが沈黙した万介の感想であった。きっとノンキャリアなんだ。だから経験の割りにまだ係長なんだ……生活大変だろうな。とそこまで考えたのは、テレビの推理ドラマで仕入れた、警察内部の知識である。

その表情をどう読んだか、いま少し詳細に説明する必要を感じたようだ。武井は警察手帳にはさんでいた写真を取り出した。その一枚にナイフが写っている。

「ごらん。これがきみのいう凶器だ……写真ではわかりにくいだろうが、柄は鹿の角でできている。刃渡り十二センチ、柄を入れた長さが二十二・五センチ。重さ二百グラムというところかね」

「血糊《ちのり》だ……」

千三がつぶやいた。

「兄の血ですね」

押し殺したように、万介がいう。

武井警部は無言でうなずき、べつな写真を見せた。黒っぽい無地の布の上に、原稿用紙の一部らしい紙切れが乗せてある。短冊型に切られたその紙には、こう書かれていた。

「ひとりで死んでゆくほかはない。さよなら、俺の家族たち。さよなら、俺の世界。さよなら、なにもかも」

「……この紙が封筒にはいって、上衣のポケットにおさまっていました。筆跡に見覚えはありますか」

　一字一字刻印されたような書き方だ。字そのものも、まるで定規で引いたような書体だから、万介はよく兄をからかってやった。

「脅迫状を書くのにもってこいだ」

「なんだってそこに脅迫状なんて、出てくるんだ」

　百男が目をぱちくりする。

「ほら、ドラマだと筆跡を隠そうとして、物差しをあてがって脅迫状を書くじゃないか。兄貴ならそんなことしなくても、けっこう角張ってる」

「ばーか。これが俺の筆跡なんだ」

「そっか。一発でばれるか」

　あははと、百男は気楽に笑った。

「われながらラブレターに向かない字だな」

「その代わり読みやすいもん。遺書はこの書体でたのむよ。これなら初見の弁護士でも、確実に読める」

　兄貴の奴、本当に遺書をこの字で書きやがった……。

　いや！

　万介は勃然として、声をあげた。

「兄貴を真似て書いたんだ、だれかが……犯人が」

「おい、万介」

千三はあわてたようだ。「犯人だなんて、お前」

「そうだよ。犯人がいるんだよ……あの兄貴が自殺するもんか。千三兄ちゃんだって、そう思っているんだろう」

「まあな……それは俺も直感した」

武井に遠慮しながらだが、うなずいた。その動きに元気づけられて、万介は真っ向から武井警部を見た。

「ぼく、そう思うんです。だれか兄貴を恨む者がいて、〝こどもの村〟に連れ込んで刺したんです。ナイフはそいつが持っていたんだ。遺書はそいつが書いたんだ。見ればわかるでしょう、兄貴の字は一度見ただけで真似できそうなほど、特徴があるんだから！」

武井は黙っている。千三まで、弟につづいてしゃべりだした。

「兄に自殺する理由がないのは、ちょっと調べていただければわかります。弟の俺がいうのもなんですが、アリス大賞をもらって、歌がヒットして、いまがいちばんのってるときです。そんな兄に死ななきゃならない訳なんか、ひとつもありませんよ」

「……すると」

警察手帳に写真をおさめながら、武井警部がいった。

「あなた方には、お兄さんの自殺する原因はわからない、と」

「わかりません」

「わかりません！」

はっきり兄弟が口をそろえた。

「……了解しました」

というのが、武井警部の返答だ。

「ご遺族のお考えを頭にいれた上で、今後の調べをすすめましょう。現段階では、まだ遺体の解剖もすんでいない。自殺か他殺か結論を出すには、データが少なすぎる。……ナイフの出所、筆跡の鑑定、自殺の原因推定。やらねばならないことは多い。おふたりにご協力を願うことになりますが、ひとつよろしく」

丁重に頭をさげたので、北里兄弟もいそいで礼を返した。

……誠実で民間人の話をよく聞いてくれる警官、というイメージは最後まで崩れなかったが、彼の叩頭《こうとう》の角度の深さを見て、万介がふと「慇懃《いんぎん》無礼」という言葉を浮かべたのも事実である。

3

『あさま』が東京駅に着いたのは、午後十一時を大きく回っていた。それにしても新幹線の速さはすごい。かつては東京から泊まりがけで出かけたはずの別荘地へ、夕方に出発してその日のうちにトンボ返りができたのだから。

渋谷まで山手線を使った万介は、そこからタクシーで家にもどった。千三が「夜中にガキが出歩くもんじゃない。タクシーでさっさと帰れ」といい、車代をくれたのだ。金放れのいいことだけは、百男にない千三兄貴の取り柄だった。

それにしても……百男兄ちゃん。

マンションのエントランスに入る、エレベーターに乗る、ドアに鍵をさしこむ。どうってことのない日常の動作ひとつひとつに、兄の思い出がからみついていた。

「よっ」

マンションへ着く度に、管理人室に陽気に挨拶した兄貴。どんな苦虫を嚙みつぶしたような相手でも、かまうことじゃない。

エレベーターを下りようとしたとたん、ドアと床の隙間に鍵を落として、部屋にはいれず立ち往生したことがある。

酔って帰って、どうしても鍵が鍵穴に突っ込めず、たっぷり三分間格闘した兄貴。俺が代わると万介が申し出ても鍵を渡さないので、とうとう廊下で風邪を引いたっけな。

そのドアが、たしかに鍵を回転させているのに開かない。万介は焦った。ガタガタやっていたら、突然ドアが中から開いた。

「万介くん！」

迎えてくれたのは瑠々だった。

「あ……きてたのか！」

「千三おじさんが軽井沢から電話をかけてきたの。弟が終車で帰るから、部屋を暖めてやってほしいって。ママもいる」

兄貴らしい配慮だが、それにしても気安く兎弥子に頼んだものだと、万介はちょっと驚いた。こんなことをしている間に、もし早川カメラマンが帰宅したら騒ぎではないか。もっとも、早川がスクープすべき百男はもうこの世にいない。

玄関にはいると、甲斐甲斐しいエプロン姿の兎弥子が顔を見せた。

「お帰りなさい。大変でしたのね」

「すみません、こんな遅く……」

殊勝に頭を下げたが、部屋はたしかに暖まっている。心の中が冷え冷えしているときだけに、体だけでもぬくもれるのはありがたかった。

「お食事、ろくにとってないんでしょう」

そういわれて、やっと思い出した。

「食欲、ありませんから」

「食べなきゃ、ダメ」

瑠々に睨まれた。

「そんなことだと思って、鍋焼うどん、こさえてあるわ」

「じゃあ食べる」

「それでよろしい」

いつもの掠れ声でいうから、まるで小さな世話女房だ。可笑《おか》しいはずなのに、なぜだか万介は涙が出てきた。

「今晩は泊めてくださいね」

兎弥子がいうと、瑠々もいった。

「私も泊まる。万介くん、明日いっしょに学校へ行こ」

「う……ん。だけどお父さんはいいのか」

「いいの」

瑠々はそれだけいったきりだが、兎弥子は諦め顔で弁解した。

「どうせ、今夜も梨の礫《つぶて》だと思うんですよ。一応、置き手紙をしてきたけど……」

「お友達の家に不幸があったから、一晩留守にする。ママそう書いたの。百男おじさん、お友達に違いないでしょう」

真面目な顔で瑠々はいい、つけくわえた。

「お仏壇、お花を取り替えてあるよ」

仏壇か。

二年半前までは、両親が宗教に縁遠いせいで、ごくささやかな仏壇しかなかった。火災のあと百男が主張して、2LDKのマンションにふさわしくない、大型の仏壇を買い込んだのだ。昨日までそこには、両親の位牌が安置されていた。今夜からは——

(百男兄ちゃんも、そこへ入るんだ)

三人そろって、仏壇の前に座った。

むろん百男の位牌はまだない。戒名だってどうなるかわからない。だから万介は、ワープロで〝故・北里百男之霊〟と印刷した紙きれを、仏壇の正面に飾った。

鈴をたたいて、合掌した。

すぐ後ろで、瑠々が唱える念仏が聞こえた。

ようやく、兄の死が実感として迫ってきた。

布団は客用を入れて四組用意されていた。どちらの寝室も六畳しかなく、ベッドを入れることができないのだ。その代り和室は融通がきくので、一方の部屋に万介と千三が眠り、隣の六畳を百男の書斎と寝室に使っていた。したがって万介が勉強する場所は、ダイニングキッチンの食卓になる。

ひと足先に風呂を使った万介が布団にもぐると、いやに部屋が広々としていた。千三の布団が敷かれてないからだ。天井に張りつけたＳＭＡＰのポスターを見上げて、万介は目を開いたままでいた。当分眠れそうにない。

「万介くん」

小さな声が聞こえた。

「いい？　入って」

「どうぞ」

ダイニングキッチンの境の襖《ふすま》がスライドして、瑠々が滑りこんできた。花柄のネグリジェ姿に、万介の胸がキュンと締まった。起き上がろうとする万介を、少女は押し止めた。

「そのままでいいの。疲れてるでしょう。……ママお風呂にはいってるから、いまのうち」

いわれるまま布団の中から、万介は瑠々を見上げた。顎の形の愛らしさが目について、パジャマの下半身が突っ張るのに気づいた少年は、こっそり狼狽した。

万介に覆いかぶさるようなポーズで、瑠々は声をひそめた。

「警察はどういっていたの？　やっぱり自殺だっていうの、おじさん」

「自殺するはずはないと俺や千三兄ちゃんが主張したら、警察も考え直したみたいだ」

「……あの人の名前は、まだ出なかった？」

「ああ。警察はなにも事情を摑んでいない」

「でもいずれ、わかるんだろうな」

ネグリジェの生地はなんでできているのだろう。まるっこい膝頭がふたつ行儀よく揃っているのが、布越しに見えた。

目をそらして、万介が慰めるようにいった。あべこべのようだが、仕方がない。

「元気、出せよ」

「うん……」

もう一度、瑠々が万介の上にかぶさってきた。

「ごめんね」

かすかな声でささやいたと思うと、すぐ体を起こす。強張《こわば》った顔で笑おうとしていたが、その努力は報われたとはいえない。

そのとき浴室のほうで物音が聞こえたので、瑠々は急いで立ち上がった。

少女が去った後も、万介は長い間天井を見つめたきりだった。瑠々は父親を殺人犯と決めてかかっているんだろうか。

「そんなことあるもんか。兄貴は勝手に自分で死んだんだ。瑠々のお父さんは無関係だよ」

そういってやれたら、どんなに気が楽だろう。だが万介は嘘が苦手だ。一時逃れでごまかせる瑠々でもなかった。かぶっていた布団が、大きく上下した。少年が全身でため息をついたのだ。

襖の向こうで、早川親子のひそやかな会話がかわされ、遠慮がちに物音が聞えた後、やがてなにも聞こえなくなった。百男の寝室兼書斎に引っ込んだに違いない。

(兄ちゃんの部屋で、兄ちゃんが大好きだったおばさんが眠るんだ)

そう考えるとふしぎな気がした。

(兄ちゃんが生きてるうちに、来てほしかったろうな)

(大きなお世話だ、マンスケ)

苦笑する百男の声がよみがえった。

(兄貴……本当に殺されたの?)

今度は、幻聴はなにも答えてくれなかった。

(瑠々のお父さんに殺されたのか?)

(どう思う)

耳もとにまた百男の声が漂ってきた。

（ひとに聞くより、自分で考えろ。おでこの上にあるのは頭だろう。使わないと、腐っちまうぞ）

（ああ……そうするよ）

（お前は理科系だからな。俺や千三より推理の力はあるはずだ）

（そういえば兄貴、ミステリの本を買ってくれたよな）

（ふん、覚えているのか。だったらそれを肥やしにして、俺がだれに殺されたのか、じっくり考えてみるがいい）

（わかってる。だけど）

（だけど、なんだ）

（もし兄貴を殺した犯人が、瑠々の親父だったら——そう思うとさ）

（ばーか。だからといって思考停止してどうなる。逃げてどうなる。お前が早川俊次こそ犯人だと確信したなら、仕方がないだろう。瑠々ちゃんは可哀相だが、どうせ現実を突きつけられるなら早いほうがいい。そう考えるべきじゃないのか）

（おばさんはどうなる。瑠々のママだよ）

（……）

（自分の亭主が、兄貴を殺した。その事実がはっきりしたら、おばさんはどうなるんだ。レポーターが殺到するよな。おばさんも瑠々も、家から一歩も出られなくなるよな。そ

の程度には兄貴、有名になってしまったもの)

(……)

(兄貴。兄ちゃん。なんとかいえよ)

幻聴は二度と流れてこなかった。

幻の兄との対話に疲れて、いつか万介は眠りこけてしまったようだ。うつつと夢の狭《はざ》間《ま》がどこにあったのか、いくら考えてもわからない。ひと晩中少年は夢を見つづけていたようだ。夢の中の百男兄貴は、寂しげな微笑を湛《たた》えて青い秋の空を見つめていた。綿毛のような白い雲が浮かび、色彩豊かな小鳥がさえずっていた。それだけはっきり記憶しているのに、鳥の色が赤かったのか青かったのか、まったく思い出せないのはふしぎだ。

お墓の上の葉洩れ陽に、
緑の毛虫が匍《は》つてゐる、
さうださうだ、毛虫に訊いてみよ、
死んだら、わたしはどうなるの。

（中略）
死んだらおまへはどうなるの、
ほんとに毛虫よ、どうなるの、
どんなに訊いても歩いてる、
いい、いい、おまえに訊きやしない。

そんならお墓に訊いてみよ、
お墓の石には陽が照つて、
触ると青苔濡れてゐる、
涼しい、涼しい、雨上り。

あ、あれ、栗の花が咲いてゐる。

カステラ見たいな色してる。
もひとつ、その木に訊いてみよ、
死んだらみんなは何処ゆくの。

（中略）
いいやいいや、死んだつて、わアいわい、
もうもう誰にも訊きやしない、
なんだかうれしくなつた、飛んで駈けろ、
お八つのカステラ食べたいな。

第六章　カステラ

1

葬儀が終わっても、こまごまとした後処理が必要なことを、万介はいやというほど思い知った。

葬儀なぞという代物を取り仕切るのは、年老いた親族か町内の顔役と、昔から相場が決まっていた。だがいまの東京は、地方人の植民地でしかない。東京都区内に居住する八百万の人間のうち、親代々そこに住んでいる者は三分の一あるだろうか。

北里家も例外ではなかった。父も、千三の母も、万介の母も、三人すべてが九州出身であり、新幹線乗り継ぎで七時間あまりかかる土地が、郷里だった。

万介が住む界隈《かいわい》はそれなりの歴史を持つ住宅地であったが、兄弟の家はマンション、それも三年前転居してくる直前に建ったばかりである。町内会費は管理費の中から納めているはずだが、通達はすべて管理室前の掲示板で見るだけであったし、だれが町内会長なのか名前も知らない有り様では、相談に行くこともできない。はっきりいって兄弟は、両隣の住人さえ顔を知らなかった。

けっきょく葬儀は一から十までプロの葬儀屋に任せたものの、事後の挨拶は肉親のふたりがこなすほかはない。なまじ受賞した後だけに、香典の始末だけでもひと苦労だった。ダイニングルームを当座の事務室とするほかない。目をあげると、百男が買った仏壇がコンポにならんで黒光りしていた。

「香典返し、どうするのさ」

袋から紙幣を出して記帳していた万介が、兄に尋ねた。

「もちろんする。だが、すぐ送るわけにゆかない」

「え、どうして」

「四十九日が終わってから、挨拶状といっしょに送るんだ」

両親の葬儀を経験した千三だから、その程度のことは知っている。火災のときまだ小学生だった万介は、ちんぷんかんだ。

山と積まれた弔文を前に、ため息をついた。

「ぼくくらいの年でたてつづけに葬式にぶつかるなんて、珍しいよな」

「ぼやくひまがあったら、だれからいくら香典がきたか、ちゃんと記録をとっておけよ。後で必要になるんだ」

「わかってる。……あ、これきらプロからだ」

香典の袋をあけて、中を確かめた。「五万円」

「そんなもんだろうな。高橋という社長さんが持ってきてくれた」

「覚えてる。太った人だね」

「彼に聞いたよ。兄貴の詩を推薦してくれたのは、担当の白木さんだそうだ」

「ふうん。あの人が、兄貴を儲《もう》けさせてくれたんだね」

「兄貴を売り出せば、アリス社も儲かると思ったんだろうが……死んでしまえばそれまでだな」

憮然《ぶぜん》とした顔つきで、千三は仏壇を見た。両親の位牌は左右におしのけられ、主役である百男の位牌が中央に安置されていた。仏壇の前に置かれた経机には、小さな袱紗《ふくさ》の包みが乗っている。小さくなった百男の姿だ。

そのとき、チャイムが鳴った。

インターフォンはあるが、狭いマンションだからじかに声をかけたほうが早い。

「はい」

玄関へ飛んでいった万介が声を張った。弔問客は女性だった。

「夜分申し訳ありません。美山と申します。栄林学習塾の者でございます」

万介ははっとした。その名前なら覚えがある。リビングから様子をうかがっていた千三に、うなずいてみせた。塾からは青木理事長の名前で仰々しい花輪が届いていたが、葬儀に参列したのは、風采の上らないゴマ塩頭の才賀という講師だけだ。ネチネチした言葉遣いに、万介はうんざりした。こんな人が塾代表では、栄林も大したことないと思ったくらいだ。塾側にすれば、死んだ者に用はないのさと、千三は苦笑していたが、ここにもうひとり弔問にきてくれた者がいる。なんとなく万介はホッとした。

「どうぞ」

まだロックする前だった。ドアを開けた万介は、つつましくはいってきた女性を見て目をまるくした。かねて百男は「美人だ」と明言していたが、掛け値なしにそういえる。化粧っ気はなくとも、気持ちよく整った顔だちだった。もっとも、瑠々みたいに可愛いというにはちょっときついかなと、咄嗟《とっさ》に万介は観察した。テレビのタレントを見ても、雑誌のグラビアを見ても、反射的に瑠々と比べるのが癖になっていた。

玄関に出てきた千三も目をぱちぱちさせて、美山詩織の悔やみの言葉を聞いていた。国に帰っていて、百男の訃報を知らなかったのだそうだ。

「もしよろしければ、お参りさせていただけませんか」

そういわれて、あわて気味に「どうぞ」といった。それまで玄関で立ち話だったのだ。

左右に菊の花を従えた仏壇。その中央に白木の位牌をまのあたりにした詩織は、あらためて衝撃を受けたようだ。真横に座った万介は、唾を飲み込んだ細い喉が上下するのを、はっきり見た。そうだ、この人は兄貴が好きだったんだ……。

長い間、詩織は合掌瞑目《めいもく》していた。

泣きだすかしらんと、少々意地悪な目で眺めていたが、彼女はこらえた。

男ふたりは、詩織をどうもてなせばいいかわからない。

「お茶でもいかがですか」

千三の言葉に、詩織はだまって従った。椅子のひとつに腰かける。ぎこちない手つきで万介がお茶と菓子——弔問客にもらったカステラだった——をすすめたが、それっきり彼女は動かない。

「あのオ、どうぞ」

間がもたないので万介が声をかけると、唐突に詩織はふたりを見た。見た、というより睨んだような強い目の光だった。

「お亡くなりになったご様子を、教えていただけますでしょうか」

断固とした口調だったから、千三もたじたじとした。

「様子といわれても……美山さんは、どこまでご存じです？」

「塾の先生のお話では、北里先生は自殺されたのではないかと……でも、そんなはずはありません」

詩織の言葉に、千三と万介は顔を見合わせた。ここにもひとり、自分たちとおなじ意見の主がいる。

「どうしてそうおっしゃるんです？」

努めて落ちついた口ぶりで千三が問い返すと、即座に答えがもどってきた。

「私なりに北里先生をよく存じているつもりですわ」

柔らかな口調の裏に、梃子《てこ》でも動かない情のこわさを感じて、思わず千三はうなずいてしまった。

「実は私たちも、おなじことを考えています」

「私たち……」

詩織の視線が、兄弟の間を往復した。

「早川さんの奥様のご意見をふくめて、でしょうか」

「え」

兄弟揃って驚き顔になった。

「ごめんなさい。北里先生がまだ塾にいらしたころ、その方のお名前をお聞きしていますの」

「そうなんですか」

千三にしげしげと見られて、詩織は心持ち顔を上気させた。

「立ち入ったことを申し上げて、ごめんなさい。先生ご自身から、いろいろと事情を聞かせていただきました。……そのときのご様子を思い出しても、ご自分の寿命を縮めるなんて、とうてい……私の勝手な思い入れかもしれませんが」

「そんなことありません！」

万介が割ってはいった。

「兄貴は賞をもらったばかりで、とても張り切ってました。状況は自殺みたいだけど、そんなの偽装だと思うんです」

「万介」さすがに千三は、大人の常識を守って立ち直った。

「決めつけるには、早いぞ」

「そうかな」

と、万介は大いに不服そうだ。

「だいたい死んでいた場所がおかしいよ。なんだって〝こどもの村〟で自殺しなきゃならないんだ」

「兄貴は〝こどもの村〟に反対していた。どうせ自殺するのならケチをつけてやろう。そう思ったんじゃないかと、新聞に出ている」

「そんな人じゃないわ、北里先生は」

ひとり言のようにつぶやいた詩織の言葉が、万介の耳にいつまでものこった。

（この人は、兄貴をよく知っている……）

そう思いながら、とりあえず千三兄さんに自分の考えをぶつけることにした。

「本当に兄貴は、あそこで死んだんだろうか」

「なに？」

「どこか別な場所で、犯人は兄貴を殺したんだ……」

ここで万介は、いったん言葉をのみこんだ。

「殺す」という言葉の重みに圧迫されたからだ。テレビでもマンガでも、新聞でも雑誌でも、殺人事件は氾濫している。いまさらおなじ言葉を口走ったところで、なんの抵抗があるだろう。だからなにげなく――本当になにげなく「殺した」といったに過ぎないのだが、殺された者が自分の兄という事実を過小評価していた。

これは決してゲームの世界ではない、現実に起こった事件なのだ。その証拠に百男兄貴はもの言わぬむくろとなり、仏壇の中でちっちゃな袋に納まってしまった。あとなん日かすれば兄貴の骨は、両親が眠っている墓石の下にカラカラと流しこまれるのだ。

リセット不能。泣いても怒っても地団駄踏んでも、仮に天地が逆さになったって、兄貴はなにも話しかけてくれない。

事実だけが持つ圧倒的な重みを、「犯人」「殺した」という、ある意味では聞き慣れた言葉の羅列が教えてくれた。そのとたん万介は、胸がひしゃげそうになって、口がきけなくなった。

驚いたことに、彼の言葉の後を引き取ったのは、詩織だった。

「北里先生の遺体を、だれかが移動させた。そうおっしゃるの？　万介さん」

「お、俺の名前、知ってるんですか」

「ええ」詩織の形のいい唇が、開花直前の蕾《つぼみ》のようにかすかに割れた。それが彼女の笑みであったらしい。

「北里先生から、なん度もお聞きしていますわ。ミステリが好きで勉強が嫌いとおっしゃっていました」

「しかし、美山さん」千三が話を現在へ引き戻した。

「兄は胸をナイフでひと突きにされていました。いくらナイフが栓代わりをつとめても、足元は血まみれです。そんな状況で兄の体を移動させれば、どんなに犯人が注意してもボロを出すでしょう。警察だってそこそこ調べています」

「ホールはオープン前でした。ということは、床にも椅子にもビニールが張ってあったのではありませんか？」

千三はぎょっとしたようだ。

「よくおわかりですね」

「常識だよ、兄貴」

万介が得意げに口をはさんだ。

「先生といっしょにビニールを運べば、犯行の現場ごと引っ越すようなものですから、ごまかせるんじゃないでしょうか。開業前の〝こどもの村〟なら、どこでもおなじビニールが敷いてあったと思いますけど」

「ぼくもそう思ってるんです」

いまにも拍手しそうな勢いで、万介がいった。だが千三は、渋い顔のままだ。

「問題は、兄貴があそこで死んだかどうかではない。兄貴の心臓を、犯人はどうやってただ一撃で貫くことができたのか。それが解けなくては、自殺説を崩せないんじゃないか？」

千三の指摘は正しい。痛いところを突かれた思いで、万介は沈黙した。

剖検された百男の遺体から、睡眠薬のたぐいは一切検出されなかった。外傷も皆無だった。なんらかの理由で前後不覚だったのならともかく、至近距離の、それも真正面からナイフを突き出されて、一センチさえよけた形跡がないのは、不可解である。

百男は人と争うことは嫌いだったが、運動神経は鈍いわけではない。むしろその反対だ。レジャーに出かけた先で崖から落ちそうになった万介を、百男が驚くばかりの瞬発力をふるって、救ってくれたことがある。万介の母親は泣いて百男に感謝したものだ。

そんな百男の急所を、犯人はどうやって正確にえぐることができたのか。

それに比べれば、万介が指摘したためらい傷の件は、まだしも説明をつけやすい。上衣の胸に傷があったのは、ナイフの刃先が触れたせいだ。いく度かナイフをあてがった上で、一気に刺した――と考えればよい。躊躇《ちゅうちょ》の余地がないほど、百男は死を覚悟していたのだと、警察は解釈した。ただし、そこまで彼を追い込んだ自殺の原因は、依然として不明のままであるが。

「疲れて居眠りした。その隙を狙われたとしたら？」

いってみたものの、我ながら説得力不足である。果たして千三は一笑に付した。

「童謡の推敲《すいこう》に、毎晩夜中まで机にむかっていた兄貴だぞ。わざわざ〝こどもの村〟まで出かけて、なぜ居眠りするんだよ」

「うーん……」

そういわれると、万介も反論のしようがない。

白木や名越の証言で、百男が長野県に出かけた理由ははっきりした。軽井沢にある定光寺の別荘を訪問したに違いない。武井警部が在京の定光寺に確かめると、夫人の章子は趣味で童謡の作詩に打ち込んでおり、百男とおしゃべりするのを楽しみにしていたそうだ。

自殺した当日、百男は〝こどもの村〟以前に定光寺家を訪ねたはずと、白木が主張した。早速、章子夫人に連絡をとると、武井はいっていた。それが昨日のことだった。

「警部さん、定光寺先生の奥さんに会ったのかな」

「連絡がないところを見ると、まだじゃないか」

「おなじ警察の管内だろう。のんびりしてるんだな」

万介はじれったそうだった。

2

実際の武井警部が、のんびりしていたわけではない。

昨日彼は、なん度となく定光寺別荘に電話を入れたのだが、夫人の応答はなかった。日暮れてから別荘に足をのばしてみると、明かりも灯っておらず、別荘は無人としか思えない。警官のカンが不吉な兆候を嗅ぎつけたが、断りなく踏み込むわけにゆかず、迂遠《うえん》でもオーナーの定光寺に諮《はか》ることとした。

深夜になってようやく定光寺と連絡がついた。編集者と銀座のハシゴをしていたのだそうだ。評論家はかなり酩酊《めいてい》していたが、夫人に連絡がつかないという武井の話を聞いて、いくらか正気にもどったようだ。

「そんなはずはない」

と彼はいい、早速連絡をとってみると請け合った。

けっきょく定光寺も、夫人の声を聞くことができなかった。

早朝の『あさま』で別荘に駆けつけた定光寺は、別荘が無人であることを確認した。電話を受けた武井警部はすぐきてくれたが、なんの異常もないまま夫人が消えていると聞かされて、むずかしい顔になった。

「奇妙ですな」

「ふしぎです。こんなことは、これまで一度だってありませんでした」

定光寺は額に皺を集めた。ダンディさが崩れないまでも、心労ぶりは隠せずソファベッドに力なく腰を下ろした。

「争った跡とか、かき回した跡とかもない……」

定光寺がつぶやくと、武井も同意した。

一瞥したかぎり、飾られている調度品にも、置かれた家具にも、なにひとつ変わった点は見られない。しいていえば、居間と寝室を隔てるドアの蝶番《ちょうつがい》に、ややガタがきているようだ。開けしめの都度、かすかではあったがいやな揺れ方をした。この家の主は、そんな邪険にドアを開け閉めするのだろうか。

重厚なツインベッドを主役にした寝室は、暗鬱な色調で統一されていた。床も絨毯でなくフローリングに変わっている。さぞ冬場は寒いだろうと思ったが、ちゃんと床暖房されているそうだ。

フローリングはメンテナンスが大変なはずだが、掃除好きな夫人がせっせと床を掃除しているらしく、警部はもう少しで滑って尻餅をつくところだった。

「クロゼットなど、ごらんになりましたか」

「一応見ました」

「なにか不足している品などは」

「気がつきません」

恐縮したように、定光寺が答えた。

「別荘は妻の天下でしたから……こちらへきてから、章子がどんな買い物をしたか、まったく不案内なので」

「奥さんが、ふだん貴重品をどこに置いておられたかご存じない？」

「いや、それならわかっています」

不甲斐ない亭主と思われたくないらしい。定光寺はいそいで、ナイトテーブルに付属した小さな扉を開けた。金庫がビルトインされている。

「かまわなければ、中を改めていただきたいのですが」

暗証番号で金庫を解錠するのに手間がかかったが、五分後どうにか扉は開いた。さらにその五分後、定光寺が告げた。

「なにも異常ないようです」

「……そうですか」

うわの空の警部はベッドを検分していた。オーク材で頑丈な構造のベッドだった。ヘッドボードに細かな彫りが施してある。丁寧なつくりだが、四隅に短い柱が突き出ているのは目障りだった。定光寺の解説によると、もとは天蓋付きだったらしい。柱の突端のひとつに新しい傷をみつけ、さまざまな角度からねめつけていた警部は、突然、それとかかわりのない事実を発見した。

「枕がない」

「枕ならそこに」

指さす定光寺に、武井が手をふった。

「いや、ふつうのホテルでは、枕を二種類用意しますな。硬い枕と柔らかい枕を。現にほら、あなたのベッドは、枕が重ねてある」

警部が指摘した通りだ。モスグリーンの色彩にキルティングされたカバーの、ツインベッドの片方には、枕が二つ積まれていた。

「だがこちらのベッドには、枕はひとつきりです。それもひどく柔らかい。奥さんはこの枕だけでお休みになっていたんでしょうか」

そういわれて、定光寺ははじめて気がついたようだ。

「ああ、なるほど……そういえば章子は、枕を必ずふたつ重ねて使っていました。高いほうがよく眠れるといって」

だが、見渡したところその枕はない。

「ありませんな」

「妙ですね」

落ちつかない表情で、定光寺はあたりを見回した。

「奥さんは車を運転なさいますか」

「いや、章子は免許を持っておりません」

「お出かけの際は、タクシーですか」

「決まって呼ぶ車の会社は、これです」

と、定光寺はナイトテーブルに乗った電話のメモを指した。

「しかし、警部さんのお出《い》でを待つ間に確認しました」

タクシーを呼んだ形跡はないという。

玄関に出た警部が、絨毯の上にしゃがんだ。その一部を指で抑える。

「濡れている」

立ち上がった彼は、壁際に置かれた花台に近づいた。燃えるように赤いバラが活けてある花瓶を、持ち上げた警部は眉をひそめた。

「軽い……まるで水が流れた後のようだ」

定光寺が聞きとがめた。

「絨毯が濡れているのは、そのためでしょうか」

「かもしれませんな」

もう一度ひざまずいた武井は、まじまじと絨毯を見つめた。まるで一平方センチごとにカメラでスキャンするみたいに、鋭いまなざしだった。

「ほんの少しですが、土がこぼれています」

「なるほど……」

定光寺も警部にならって、その場にしゃがんだ。

「おかしい」

と、彼はいった。「章子は掃除好きです。どちらかというと、神経質なほどです。土がこぼれたのを見過ごす女じゃない」

「憶測でしかないので、あまりご心配になっても困るが……」

言葉を選びながら、武井警部がいいだした。「この家に侵入した者がいる。その何者かが、奥さんを連れだした。そんな想像がつきます」

「章子が誘拐されたと！」

ぎょっとしたように定光寺が立つ。急激な動作だったのでよろめいた評論家は、背中を壁にぶちつけた。

「まだ断定はできません……」警部の語気は沈痛だった。

「部下を呼びましょう。恐縮ですが、以降当分の間寝室へお入りにならないよう願います」

「なぜです」

「寝室に通じるドアが、壊れかかっている。子細に見るとドアの下部に窪《くぼ》みがある。だれかが蹴飛ばしたように思われます。もうひとつ、夫人のベッドに枕がない。なにかのトラブルが、寝室を舞台にして起きたと思われるからです」

「……」

なにかのトラブル。それがどんな種類のものなのか、定光寺には問いただす勇気がないらしかった。

武井の連絡を受けて、署から刑事ふたりが駆けつけた。ひと足遅れて、白衣の男がやってきた。定光寺は青ざめた顔で、警部に質問した。

「あの人の職種はなんでしょう」

「鑑識です」

手短な答えだった。「念のためということです、お気になさらんよう」

評論家の全身から、力が抜け落ちたようだ。肩を落としたまま、火のはいっていない暖炉の前で、彫像のように身じろぎもしなくなった。自動的にくわえたパイプに、火をつけることさえ忘れている。

刑事たちの捜査活動は、邸内から庭にまで及んでいた。じっと動かない定光寺の耳に、「スコップ……」という刑事の報告する声がとどいた。ややあってから、武井警部が定光寺に呼びかけた。

「庭の小屋は、物置ですね」

「そうです」

「恐縮ですが、そこまでお出でいただけませんか」

定光寺がサンダルをつっかけて出てゆくと、手袋をはめた刑事が半透明の波板で葺《ふ》いた小屋から半身を見せていた。

「あのスコップなんですが」

と、警部が物置に顎をしゃくった。内部に積まれたガラクタが、波板越しの陽光に照らされていた。古ぼけた冷蔵庫に、スコップがよりかかっている。先端に分厚くこびりついた土と、カラマツの落葉が見えた。

「土がついていますな。奥さんがお使いになったのでしょうか」

「違いますね」

定光寺が即答した。「あれが使ったのなら、後をきれいに洗い流すはずです」

「なるほど」

武井がうなずいたとき、スコップをのぞきこんでいた刑事がいった。

「こりゃあホタルブクロの葉だ」

　このあたりに自生する多年草で、初夏に特異な形の花をつけることで知られる。繊毛を生やした卵型の葉が、落葉と土の間にまじっていた。

「おたくの庭で、ホタルブクロが生えている場所といいますと？」

「それなら、この小屋の裏側です」

　定光寺は唇で舌を湿した。

　全員が物置の裏手に集まった。

　一目見ただけで、そのあたりの土が掘り返されているとわかった。定光寺の説明によると、最近この場所で浄化槽の工事をしたそうだ。

「それにしても……」

　鑑識が眼鏡を光らせていった。「土が新しすぎる」

「掘ってみろ」

　武井の指示で、即座に刑事ふたりが取りかかった。筋骨逞しいタイプで、肉体労働にもってこいといえる。物置にスペアのスコップがあり、鍬《くわ》もあったから、道具に不自由はなかった。

「時間がかかるかもしれません。少し休んでいてください」

　武井にいわれたが、定光寺はその場を動かなかった。いまにも飛び出しそうな目で、剝ぎ取られてゆく土を睨みつけている。

思ったよりずっと早く、収穫があった。

「……！」

刑事のひとりが、声もなく体を引いた。

スコップで土を削られたため、重しがなくなったからだろう、白い手首がぴょこんとその場に生えた。ほっそりした指の一本に指輪が嵌まっている。明らかに女の手であった。

「章子！」

うわずった声と同時に、定光寺が飛び出そうとした。

「しばらく待ってください」

武井は冷静だった。作業をつづけるよう刑事たちに指示して、広がってゆく穴の縁にしゃがみこんだ。遺体を傷つけないため、刑事ふたりは手袋を嵌めた手で、慎重に土をかきだしていた。掘り返されたばかりのせいで土が十分に固まっておらず、作業ははかどった。武井警部が、鑑識の男に質問した。

「この穴をひとりで掘るのに、どれくらいかかると思う」

「工事直後で土が柔らかかったとすれば、一時間半といったところでしょう」

警察にとって遺体の発掘はビジネスの領分だろうが、定光寺はとうてい落ちついてなぞいられない。掘り出される夫人の土まみれな姿を、蒼白《そうはく》な顔で見つめていた。夫人が着用したワンピースは、見るも無残に汚れている。美人女優だった定光寺章子も、いまは歪みきった形相に見る影もない。

「死因は窒息ですね」

鑑識の男がささやき、

「想像していた」

警部が答えるのを、定光寺はぼんやりと聞いていた。

「枕がなくなっていたからな……おそらく、そいつで押さえ込んだんだろう」

「あ、あれだ」

刑事のひとりが、汚れた枕を掘り出したところだった。

夫人の全身がほとんど現れ、作業は終わりに近づいたと見えたとき、べつな刑事が奇妙な声をあげた。

「まだ、なにか……」

「なんだって」

武井も驚いたに違いない。首をのばすはずみに、あわや穴へ落ちそうになった。

「浄化槽じゃないか」

「いえ、そんな硬いものじゃないです」

言下に刑事は、まったく別人の足首をつかんで持ち上げてみせた。足首は革の靴を履いていた。

「もうひとり埋められています、男です！」

3

とうとう詩織は、最後まで涙を見せなかった。気丈なのか、人に涙を見せない女性なのか、万介には判断のしようがない。

「……突然お邪魔して、申し訳ありませんでした」

「いや、兄もきっと喜んでいますよ。よくきてくださいました」

玄関で詩織と千三が礼儀正しい応酬をしていた最中に、武井警部からの電話はかかってきた。

「定光寺先生の別荘から、早川俊次の遺体が出てきた！」

受話器を取った万介はむろん、その声を耳にした千三と詩織は、その場に棒みたいに立ちすくんだ。

その事実が、事件の様相を百八十度転換させるものだと、否応なしに直感させられたからである。

万介も千三も生前の百男から事情を聞いていた詩織も——百男の自殺を信じない者全員が、口にこそ出さなくても、殺人犯は早川俊次と考えていた。ところが犯人のはずのかれは、とうに死体となって定光寺邸の庭に埋められていたのだ。

とっさに万介は、電話機のスピーカー機能を働かせた。一分でも一秒でも早く警部の話を聞きたいのは、千三も詩織もおなじと思ったからだ。

武井警部によれば、カメラマンの死因は後頭部にうけた打撲傷である。

「ベッドの柱にできたばかりの傷があった。……早川氏は、争ったあげく突き飛ばされて、そこへ頭をぶつけたと推定されます」

武井がロボットじみた口調だったのは、直後に告げねばならぬ内容が、兄弟にとってあまりに重かったから——そのショックをカバーしようと、殊更感情をまじえなかったためだろう。

「争った相手は北里百男さん。おふたりの兄上と考えられます」

「……」

「寝室のフローリングは磨き上げられていました。足を滑らせた早川カメラマンが、死にいたるほど強烈に頭を打ったとしても、ふしぎはありません。おふたりの兄上と、早川氏が対立関係にあったことは、ご承知の通りです」

「ちょっと待ってください！」

万介から受話器を奪い取った千三が、声を励ました。

「定光寺先生の奥さんが亡くなっていたことと、どう関係するんですか」

スピーカーから、落ちついた武井の声が流れ出る。

「定光寺夫人を殺したのは、早川カメラマンと考えています」

「なんですって」

「私の想像で当日の状況を再現すると、こうなります。……まず定光寺別荘のもとへ、早川がやってきた」

意識した上だろうが、警部の言葉から早川の敬称が消えていた。

「彼は、定光寺章子さんの映画女優時代を知っている。知っているどころか、大変なファンだった。早川を知るアリス社の名越さん白木さんから、聞かせてもらいました。定光寺夫人に出会った早川は、往年の情熱を再燃させた……彼が無類のプレイボーイであることは、私でさえ週刊誌などで知っています」

「なんだって早川は、定光寺別荘へきたんです？」

「当然、お兄さんに会うつもりだったのでしょうな」

「兄貴に」

なぜ早川が、百男に会いたかったのか。

理由を聞いても、愚問でしかない。千三は沈黙した。万介も詩織も、彼の後ろで立ちすくんでいた。

「兄が別荘にむかう日時を、早川は摑んでいたんですか」

「そうです」

「だれがそんなことを教えたんでしょう」

「名越という編集者です……ああ、いや」

いそいで武井がつけくわえた。

「早川は偽名を使って、名越氏に尋ねたらしい。緊急に連絡したいが、どこへ連絡すればいいかと……」

「偽名ですって」

「そうです。つまり、あなたの名前を、彼は名乗った」

「私の」

さすがに千三は呆然とした。

「もとがお隣の住人だけに、早川はけっこううまくあなたに化けてしゃべったらしい。北里氏担当の白木さんではごまかせないと思ってか、名越さんを指名した。……『詩園』では担当外の者にもわかるよう、当月号に掲載する作家のスケジュールを、掲示している。その形式は、アリス社に出入りしていた早川カメラマンなら、知っていておかしくない」

「それで早川は、兄を待ち伏せするつもりで」

「そう。軽井沢の定光寺別荘にやってきた……愛車の４ＷＤのビストロに乗って」

「その車はみつかったんですか」

「発見されました。ただし、〝こどもの村〟の駐車場です」

「えっ」

「そのことも、私がお話ししようとする推測の傍証になったわけです。……早川は、北里氏を待ち伏せする間に夫人を目撃したのではないか。周囲に人けのない、季節外れの別荘地です。しかも夫人は、もともと彼が執心していた女性だった。そこで彼の持病が出たんでしょう。彼女を追って、定光寺家にはいったと思われます。むろん夫人は抵抗する。その顔に枕を押しつけて、窒息死させてしまった。……早川もそこまでやるつもりはなかったろうが、騎虎の勢いという奴です。あなたのお兄さんが来訪したのは、まさにそのときだったのではないか」

「……それでふたりの争いになった、と」

「そう考えれば、北里百男氏の自殺の原因がはっきりします」

「ああ！」

　吐息ともため息ともつかぬ声を、千三は発した。

　たしかにその通りだ。これまで千三も万介どうよう、受賞とヒット直後の百男に死ぬ理由はないと言い張ってきた。だが武井警部が指摘するような事件があったのなら、兄が自殺を決意したとしてもふしぎはなかった。

どうせ死ぬのなら、自分が反対していた〝こどもの村〟が至近距離にある。そこまで行って自死しよう。警察はそう考えたに違いない。

「いったん死体を隠そうとして、庭に埋めた。夫人の遺体だけのこすわけにゆかず、同時に始末した。……それからお兄さんは、早川の車を発見した。それまでの間ビストロは、定光寺家を訪問するお兄さんの目につかぬよう、近くに隠されていたと思われます。どの別荘にも車庫があるのだから簡単でしょう」

「その4WDに乗って、兄は〝こどもの村〟へ行ったというんですね」

「そうです」

「殺人を犯したことを悔いて、自殺したとおっしゃる」

「そう考えるのが、もっとも妥当ではないかと思うのです。ご兄弟としては、まことに残念な結論でしょうが」

「待ってください！」

千三の手からふたたび受話器をひったくった万介が、せきこんだ。

「警部さん、ぼくです」

「ああ……」

受話器の奥から、笑いをふくんだ声が応対した。「北里万介くんだね」

「兄が、人を、殺したというんですか！」

興奮のあげく、言葉がとぎれとぎれになってしまった。

「そんなことをするもんか、兄さんが、……」

喉がカラカラだ。それ以上つづけてしゃべれない。だが武井は、当然の反論を予期していたはずだ。

「君の気持ちはわかる。しかし」

「慰めてなんか、もらいたくないよ！　いまの話は、みんな警部さんの想像なんでしょう。話がうますぎます！」

「話が――そうかね」

「そうです。早川カメラマンがはずみで奥さんを殺すのもヘンだし、そのタイミングぴったりに兄貴が、定光寺先生の家にあらわれたってのも、都合良すぎます。だいたい兄貴が、その日その時刻に確実に定光寺先生の家を訪ねたっていう証拠はあるんですか」

武井の冷静な調子に変化はなかった。

「なるほど」

相手が平静なものだから、万介はいっそういきりたった。――あ、いけない。これが大人のテなんだ。俺もクールにならなきゃ子供あつかいされて、あしらわれるだけだ。

そう反省しながら、万介は自分にブレーキをかけることができなかった。

「なにがなるほどなんですか！」

「……きみは頭のいい子だ。はっきりした証拠がなくては、納得できないというんだね？」

「当然です」

「では教えてあげる」

冷静という以上に冷酷な調子が、警部の語気にくわわって、思わず万介は唾を飲み込んだ。警察がなにを教えるというんだ？

「……われわれはこの数日を、ぼんやり過ごしていたわけではない。定光寺先生の話によると、お兄さんは近いうちに別荘へ行くといっていた。名越さんが早川に教えた通り、それがあの日だった。『あさま』の切符をとったのは白木さんだったし、お兄さんの到着時刻も彼女が奥さんに連絡ずみだった。以上の情報から、われわれはタクシー会社をしらみつぶしにした。そして事件のあった日、からまつガ丘まで、北里さんらしい男性を乗せた運転手をみつけた。その人物を下ろしたのは、十三時四十分ごろだったという。遺体の死亡推定時刻の範疇《はんちゅう》に、十分納まる時間帯のね」

「……」

「われわれは、玄関のドアをはじめとして、いたるところからお兄さんの指紋を採取した。むろんベッドルームからもだよ。北里さんが、当日の犯行時間に、定光寺家にいたことは間違いない。ここまではいいかね？」

「……」

「そして現在、われわれが確認している事実は、夫人と早川が殺害されたこと。および、ふたりの遺体が定光寺家の庭に埋められていたこと。早川が乗ってきたはずの彼の車が、〝こどもの村〟にのこされていたこと。そしてその〝こどもの村〟のメインホールで、北里さんがナイフで自分の胸を刺していたこと。……以上の事実をつなぐ一本の糸は、
①早川が夫人を殺した。
②お兄さんが早川を殺した。
③お兄さんが早川と夫人を埋めた。
④お兄さんが早川の車を使って、〝こどもの村〟に移動した。
⑤そこでお兄さんは自殺した。
　これ以外に考えられる筋書きが存在するだろうか。それぞれの動機について、いまさら解説する要はあるまいね？」

　それでも万介は沈黙しなかった。

「自殺となぜいいきれるんですか！」

「ほう……」

スピーカーから、武井警部の太い息が棒のように流れ出る。少年の予想外な抵抗に、少々手を焼く気分らしい。

「たしかきみたちは、北里さんの自殺を、動機がないという一点で反対していた。そう解釈するんだが、その根拠は破れた。そう思わないのかね？　だいたいだな、きみのような子供が……ああ、いや」

公僕の立場を忘れて詰め寄る口調になったことを、後悔したようだ。いくらか柔らかな態度にもどって、武井は辛抱強くいった。

「まだきみに話していない情報があった。ナイフの件だ」

「カスタムナイフの出所がわかったんですか？」

「わかった。ライフという通信販売の大手のカタログに載っていることを、若い連中が知っていてな。ものは試しと問い合わせた。すると当たりだ」

「えっ」

「顧客リストにお兄さんの名前と住所がはいっていた。一度オーダーすれば、事後は名前だけ告げれば、自動的にアドレスが検索できる仕組みだ。もっとも兄さんが注文したのは、問題のナイフだけだが。十日前の日付になっていたね」

「……」

さすがに万介も、返す言葉がなかった。

通学通勤に忙しい万介や千三と違い、百男はほぼ連日在宅している。そんな兄がナイフを通販で購入しても、弟たちが気づくことはない。

最後に警部は念を押した。

「忘れられては困るのだが、お兄さんのポケットにはいっていた遺書の件がある。筆跡を鑑定させたところ、九十九パーセントの確率で北里さんが書いたとする結論が出た」

「……よく、わかりました」

万介は必死だった。大人、それも役人を相手に、感情に流された論議を吹っ掛けたところで、なんのプラスにもなりはしない。学校の教職員を見ればよくわかる。万介が通う東西学園は公立の学校ほどひどくはないが、自分たちが決めた枠をはみ出す子供には、ヒステリックなまでの反応を示す。警官だって役人だ、と万介は思った。俺たちがいい子にしている間は、相手もいいおまわりさんの態度をとろうとする。だがあるレベル以上に強情で自己主張の強い子供が相手だったら——どうなるだろう。

（お前は理科系だからな）

百男兄さんの言葉をまた思い出した。

そうだ、ここでプッツンして、兄貴は自殺なんかしていないとわめき散らしたところで無意味だ。計算して割り切って、ちゃんとした答えを出してから、武井警部とやりあおう。さもなければ、あの警官は俺のことを手のかかる、頭でっかちの変なガキときめつけるにきまってる……。

受話器から顔を離した万介は、大きく深呼吸した。

それから、電話にむかっていった。

「教えてくだすって、ありがとう。またご連絡しますけど、その節はよろしくお願いします」

電話の向こうでは、警部がいささか戸惑ったようだ。

「いや、なに。お兄さんもそこにいるんだね。お気持ちお察ししますと伝えてください」

てきめんに言葉遣いが違った。

受話器を置いた万介に、最初に呼びかけたのは詩織だった。

「万介さん。あんなことといったけど、まるっきり納得していないんでしょう」

「はい」

わかってるなあ、このお姉さん。

こわばった顔をほぐして、万介が笑った。

「おい、万介」

と、千三の表情はまだセメントのように固まっている。「そりゃ本当か」

「本当って？」

万介は反問した。

「お兄さんこそ、警察のいうことを信じるのかい？　兄貴が人殺しをして、悲観して自殺したって」

「いや、それは……」

「殺した相手が、よりによって早川俊次カメラマン……おばさんの亭主で、瑠々の親父だ。冗談じゃないや！」

だしぬけに、カン高い声が万介の口から迸り出た。武井警部の前でこらえにこらえていた感情の昂りが、出口を求めて噴出したのだ。

そうだよ、ジョーダンじゃないっ。

「自分が殺すくらいなら、殺されるほうに回る、それが百男兄ちゃんじゃないか……警察にわかるもんか。俺、なにがなんでも、兄さんが被害者だってこと、証明してやるからね！」

「落ちつけ、万介」

千三は弟の肩を抑えたが、詩織は少年の興奮を好ましいものと見たようだ。

「私にも、協力させてくださる？　万介さん」

「お姉さんが？　あ、ごめんなさい」

気安く呼んでしまったが、詩織はかすかな笑みで答えた。

「謝ることじゃないでしょ。私、北里先生を信じています。万介さんがいった通り、先生に人の命を奪うことはできないと思う。千三さん」

「え？」

ふいに名前を呼ばれて、千三はビクンと体を震わせた。

「あなたは、そう思いませんか」

「思いますよ、そりゃあ。……だからといって、どんな方法で真相を探るというんです？　われわれには警察の機動力もない。情報収集の能力もない。警察がみちびき出した結論をひっくりかえすなんて、とても」

「石だって動くんだぜ、兄ちゃん」

万介が妙なことをいいだしたので、千三は目を剝いた。

「なんだと？」

「そうさ。石だって、山だって、動くんだ。雲は生きてるし、森も生きてる。大人が気がつかないだけなんだよ」

「白秋の童心論……なの？」

詩織はすぐピンときたようだ。

「白秋先生というよか、百男兄さんの解釈かな。この世の中のものは、のこらず生きて動く……世の中の仕組みもそうだって。頭ごなしに、それはできない、それは無理だ、やるだけ無駄だ。そんなことばかりいってる人がふえた世の中は、どうしようもなくこわばって老化して、あとは坂を転げ落ちてゆくだけだ。そういってました。でもね」

良い聞き手を前にして、少年は余裕をとりもどしていた。

「千三兄さんは会社勤めなんだから、仕方がないとこあるけどさ。童心で営業成績が上がるなんて、考えられないもんな。……だからせめて社会人になる前の、ぼくや瑠々がやわらかい心で、ガチガチの頭を乗せた大人たちに対抗しなくては。そう思うんだけど……生意気かな、やっぱり」

と、こういうときでも万介の反省癖はなおらない。

たぶん詩織は、そんな少年の性癖を百男から聞かされていたのだろう。微笑を絶やさず、言葉をかけた。

「あなたたちは、生意気でいいの。いまから頭の中の水気をなくして、どうするのよ。塾の生徒たちに、しょっちゅうそういって発破をかけるんだけど、むつかしいわ。二極分解ってのかしら。体は子供なのに頭はとっくに大人になってるのと、大人になるのを拒否して、子供の都合いいところだけ後生大事に抱えているのと」

「ぼくは前の部類だったな……」

すっかりさめてしまったお茶をすすって、千三は本音を吐いた。いつの間にか三人とも、テーブルを囲んでいる。

励ますように、万介がいった。

「いいんだよ、千三兄さんは。百男兄貴がいってたじゃん、千三がいるから俺も太平楽を並べられるって……人間それぞれだよ、個性に応じて生きてゆきゃいいんだ……俺がいったんじゃないぜ、兄貴がいったんだ。アリス大賞をとった平成の白秋がさ」

「……北里先生」

突然、詩織がその名を呼んだ。

「先生、私たちのいまの話を、どこかで聞いていてくださったかしら？」

「きっと聞いてるよ」

真面目な顔で万介は請け合った。

「仏壇の中の位牌からか、それともそのあたり……」

と、少年は詩織の背後を指さした。

「背後霊になって、俺たちの話に耳を傾けてるよ。霊魂に耳があるかどうか知らないけどさ」

「理科系なのに、霊を信じてるのか？」

千三に笑われたが、万介はめげない。

「科学知識が豊富だから、いえるんだよ。人間の科学力がどこまで進み、どこから先が謎のままか知ってるもん。いくら臓器移植が進歩しても、けっきょく人間は死ぬんだぜ。

死後の世界は永久に謎なんだ」

「ご高説もっともだが、それ以前に覚悟しとけよ」

「なんだい、覚悟って」

きょとんとした万介に、千三がいった。

「マスコミだ」

「ああ」

不承不承に、万介はこっくりした。「平成の白秋を殺人犯と決めつけて——というよか、なにがなんでも決めつけたい連中が、マイクをかざして突進してくるんだね」

「美山さんもどうぞ、気をつけてください」

千三は詩織にむかって釘を刺した。「栄林学習塾に押し寄せる可能性だってある」

「そういう兄貴も気をつけなよ」

「ふん。一人前の口をきくじゃないか」

千三が口をへの字に曲げた。

「うまい具合に、俺は明日から青森へ出張の予定なんだ」

「ずるーい。それじゃあマスコミ軍団は、俺が一手に引受けるのかよ」

「お前は可愛げのない男の子だから、カメラも張り合いがないだろう。ヤバイのは早川家じゃないか」

「あ」

万介が口を大きく開けた。「そうだ……瑠々」

「まさか小学生に張りつきはしないさ。集中砲火を浴びるのは奥さんだな……気の毒に」

「あーあ。アイドルのだれかが結婚しないかなあ。それとも大スターが離婚するとかさ。そうなりゃ、俺たちまで手が回らない」

本気でいいながら、テーブルの上にのこっていたカステラを一切れ、口に放り込んだ。万介の願いにもかかわらずその夜から翌日にかけて、有名人の結婚も離婚もなく、株の乱高下もなく、鉄道も飛行機も高速道路も、すべて平和に安泰に過ぎていったのである。

薄らあかりにあかあかと
踊るその子はただひとり。
薄らあかりに涙して
消ゆるその子もただひとり。
薄らあかりに、おもひでに、
踊るそのひと、そのひとり。

第七章　初　恋

1

武井警部の出した結論が、そのままマスコミに発表されたわけではない。だが新聞もテレビも、平成の白秋が殺人を犯して自殺した——と推定される内容に、大いにそそられたに違いない。しかも動機を探れば、『桐の花』事件に相似のスキャンダルが浮かび上がる。

それも一方の当事者が暴露写真で名高い早川俊次とあって、マスコミ関係者がイナゴのように飛びついてきたのも無理はなかった。

千三にいわれるまでもなく、万介は奴らが情け容赦もなく接触してくることを覚悟していた。対象が中学生だからといって取材を遠慮すれば、他社に抜かれるだけだ。当然サラリーに見合う肉迫ぶりを見せるに違いない。

万介はマンションを一歩出たときから、ストロボとマイクの襲来を予期していた。プライバシーの大原則があるから、顔にモザイクをかけ、変声させるだろうが、そんなものは強引な取材に対する免罪符でしかないことを、万介は承知している。

知らない相手ならモザイクやボイスチェンジャーに意味があっても、自分を知っている者にはまったく無力である。要するにマスコミは、言い訳だけが必要なんだ。本気で俺のプライバシーを守ろうなんて、だれも考えていないんだ。

「おはよう――北里万介さんですね？」

そらきた。

少年はじろりと相手を見た。

わあ、いちばんイヤなタイプの女。口紅は濃いし、ヘアモードはごてごてだし、服装のセンスがなってない。おまけに香水の匂いをぷんぷんさせてる。

それでも万介は、せいいっぱい愛想笑いをしてやった。

「そうですけど、オバサンは？」

オバサンはないでしょうと不服げだったが、レポーターは声だけは愛嬌よくつづけた。

「ヤマトテレビですけど、お兄さん大変でしたねえ。ちょっとお話聞かせてもらえるかしら」

「いいですよ——でも、オバサンにだけ話すんじゃあ不公平かな」

顔を回した万介の前に、別な女が飛び出してきた。子供の相手は女にかぎる、というのだろう。それでもこっちのレポーターのほうが、若いだけマシだ。

「えっとオTBRですけどオ、北里先生のオ、事件についてエ……」

第三陣は男だった。葬儀に参列したみたいに暗い顔で、万介に迫ってきた。

「CHKです。警察から連絡がはいったと思いますが、北里百男さんの肉親のおひとりとして、ご感想を聞かせてくれませんか」

テレビカメラもきている。万介がレンズの前にVサインを突き出すと、カメラマンがびっくりして後ずさりした。

前を阻まれた万介が、報道陣をゆっくり見比べた。

「俺でよかったら話すけど、いくらくれるの？」

今度は手を出してやった。

さすがにレポーターたちが顔を見合わせている。

「いちばん高いギャラくれる局に、俺しゃべっちゃう」

大人どもが食われたのを見澄ましてから、万介は爆笑した。

「うそうそ。それよか学校まで車で乗せてってよ。そうすりゃ俺、サービスモードに切り換えて、車の中でうんとしゃべったげる。ね、いいだろ」

——おかげでその朝は、万介はラッシュに無縁で登校することができた。渋滞であわや遅刻しそうになり、車による登校が案外不便なものだと知ったのは収穫だ。

車内ではもっぱら「兄は無罪」と繰り返した。

ノーカットでオンエアされるかどうか心もとなかったが、万介としては目いっぱいの演技力をふるったつもりだ。

「いい兄でした。ぼくの父親代わり、母親代わりを務めてくれました。食事の支度から後片付けまで、兄はひとりでこなしていたんです。ぼくや下の兄が布団にはいってからが、兄の作詩の時間でした。そんな健気《けなげ》な兄が、どうして人を殺したりするでしょう?」

切々と訴えた。視聴者に理屈をいっても小生意気なガキとしか見てくれまい。徹底して情に訴えるのがベストだと、昨夜ひと晩かかって、ニュースショーの傾向と対策を研究した成果が、これだ。

万介が校門をくぐると、大げさにいえば学校中が鳴りをひそめた。始業五分前に校門に立ち、ナチの親衛隊そっくりの面構えで生徒たちに睨みをきかす体育教師すら、ぎりぎりの時間に登校した万介を見て、視線をそらした。

やれやれと思う。

いくら兄貴の評判がこの一ヵ月ほどで乱高下したからって、俺は俺じゃないか。兄貴が結婚詐欺をやろうと殺人鬼になろうと、関係ないはずだぞ。

昼休みの時間に、喧嘩友達のひとりとつまらないことで口論になった。そのあげく、そいつがカッとして口走ったのだ。

「お前なんか、人殺しの弟だい！」

とたんに周囲がシンとした。

やせ我慢でなく、万介はもう少しで吹き出しそうになった。

俺が本物の殺人者の兄弟だったら、少しはこたえるかもしれないが、兄貴はそうじゃない。絶対に違うことを俺は知っている。だから万介は、ゆとりをもって相手を見返した。可哀相に、うっかり禁断の台詞を吐いてしまった彼のほうが、あたふたしていた。周囲から集まる非難の視線の圧力に、いまにも潰されそうな顔だ。

万介はそいつに笑いかけてやった。

「みんながいいたくても、いえなかったことをいいやがった、こいつ。でも違うぞ。兄貴は殺してない」

周囲のクラスメートが、いままでと違ったニュアンスでざわつくのを見て、少年は臍《へそ》のあたりに気力をこめた。

「北里百男は殺人犯だとテレビがいったのか？　新聞に書いてあったのか？　だったら俺もいってやる。テレビが間違ってる！　新聞が間違ってる！　兄貴のことなら、マスコミより俺のほうがずーっとよく知ってるんだ」

「……北里オ」

クラスメートのひとりが、おそるおそる声をかけた。「だったらだれが殺したんだ？早川瑠々の親父を」

「いまはまだわからない……」

腕組みした万介は、一歩も下がるまいとするかのように、両足を踏ん張って答えた。

「だけど覚えとけ。俺がきっと犯人をみつける」

「警察より先に？」

女の子に聞かれて、万介は堂々と返事した。

「そうだ」

「……でもさあ、北里くん」

べつな女の子が声をかけてきた。穂積《ほづみ》みさきという少女が、薄笑いを浮かべていた。

クラスでは美人の部類だし、プロポーションもいい。ただし万介は、それを鼻にかけるような彼女が気に食わなくて、めったに口をきくこともない。

「きみのお兄さんは、お隣の奥さんが好きだったのよね」

「……いやだあ」

へつらうようになん人もの女生徒の声がハモッた。

「不潔ウ」

「信じられなーい」

万介は平気な顔をしていた。豚女どもがなにをいおうと、俺は聞く耳持たないぜ。

「男が女を好きになって、なにが不潔だよ。お前らみんなその不潔な中から、生まれたんだぞ」

「ルール違反だといってるの。男の人がよその奥さんと仲良くなるの、おかしいでしょう？　そんなことが許されたら、子供の幸せはどうなるのよ。いってごらんなさい、北里くん」

あーあ。ホームドラマみたいなことをいいやがる。ホームドラ猫みたいなお前にいわれたかないや。

「自分の幸せも摑めない奴が、子供の幸せをどうこういうなんて、百年早い。そういう大人にかぎって、パパみたいにならないでね、いい学校にはいってねというんだ。子供は大人の尻拭いするために生まれてきたんじゃないっ」

「偉そうなことをいうけど」

すっと万介の前に進み出たみさきが、声を落とした。

「不幸せになった子供の見本、見てくるといいわ」

「なんのことだ」

「北里くんの彼女、泣いてたよ」

「……」

万介は、自分の顔から血が引いたように思った。「瑠々が?」

「わあっ」

とたんにクラス中がどよめいた。

「自認してるんだから」

「彼女といわれて、すぐ名前が出るなんてすっごい」

「やってらんないわよオ。ね、北里くん。はじめてプチュッしたの、いつ」

「あら、もうとっくに……したのよねえ」

女生徒たちのきゃっきゃと笑い合う様子を、万介は憮然と眺めていた。腕時計を見る。

やっと午後の授業が始まる時刻になっていた。

「……猿山だな」

「なんかいった？」

耳ざとくみさきが聞き咎《とが》める。

「発情期のメスの猿山だといった」

女生徒たちが怒りだす暇はなかった。授業の合図と同時に、英語の教師がはいってきたからだ。この教師はビッグベンと呼ばれていた。上背があって声が大きく、威厳のある髭を生やし、始業終業の時刻がグリニッチなみに正確だったからだ。

2

授業に身が入らなかった。それでも教師から一度も名ざしされなかったので、ボロを出さずにすんだ。マスコミ渦中の人である万介に、ビッグベンのせめてもの配慮だったかもしれない。

俺を甘やかすなよ、先生。

いつもの万介ならそう思ったろうが、今日ばかりはそのゆとりがなかった。穂積みさきがいった言葉――「瑠々が泣いていた」という情景が、少年の頭の中枢部にデンと座りこんで動かなかったからだ。

（瑠々）

どうにも落ちつかない気分で、万介は窓の外を見た。

冬晴れの澄みきった青空が広がっていた。葉を散らし終えた銀杏の大木がうらぶれた姿をさらしている。その枝越しに淡い雲が音もなく滑走するのが見えた。

気性の強い少女ではあるが、情報の餌食にされたのは、瑠々自身ではない。彼女の母親である。自分を対象にされているかぎりタフだった万介が、瑠々を引き合いに出されてショックを感じたように、母親をダシにされたときの瑠々は、意外に弱いのかもしれない。

授業が終わるのを待ちかねて、下校の支度をととのえた万介は、教室を出た。

「気になるのね、彼女のことが」

しつこくみさきが冷やかすのへ、

「よくわかるな」

いい捨てて小学部の棟へいそぐ。コの字型になった東西学園は、三つの棟のそれぞれが、小学・中学・高校と分けられている。万介のいる中学部は、瑠々のクラスにごく近かった。それでも小学校の廊下は、下校する生徒たちで混雑しており、万介は焦った。

(瑠々たちも今日の授業は終わったんだ)

おしあいへしあい、やっと瑠々の学級に着く。いまどきの小学生は、と自分を棚にあげて万介はぼやいた。

「背ばっかり伸びやがって……俺よりでかいのが、一山いくらってほどいたぞ」

瑠々は帰ってしまったのかと思いながら、戸を開ける。

「あれっ」

瑠々はいた。

机と机の間を、せっせとモップで拭いていた。見たところ彼女ひとりきりだ。

「あら万介くん」

エプロン姿だったので、いつかの兎弥子夫人を思い出した。

「なにか用？」

「いや、用ってほどじゃないんだ……」

瑠々にもメンツがあるだろう。お前が泣いたと聞いて飛んできたとはいえまい。

「掃除当番か？」

「うん」

「ほかの連中は」

「いない」

そういってから、瑠々は首をすくめた。「まだそのあたりにいるかも」

「……瑠々ひとりで、掃除しろといったのか？」

「うん」

素直な返事を聞いて、万介は沸騰した。

「なんだってそんな……」

「失楽園といわれたわ」

「ああ？」

「映画、見た？　見てないよね、成人指定だもん。私のママがそうなんだって。ママがいい思いをしたぶん、お前が掃除しろといわれちゃった」

「失楽園だと」

万介は唸り声をあげた。中身は知らないが、だいたいの話は聞いている。結婚した男と女が好きになって、それで心中するんだ。最後の場面でふたりはつながったまま死ぬそうだ。

「瑠々のママと、兄貴は、なんにもなかった……そうなんだろ」

「知らない」

あっさり、瑠々はかぶりをふった。

「とにかくそういったんだ、兄貴は。失楽園とまるで違うじゃないか！　そんなことでいじめられたのか」

「いじめられた？」

瑠々が表情を消した。「違うわ」

「だがそうじゃないか。瑠々ひとり掃除させられてる。後の連中はみんな帰った」

「ううん……まだ帰ってないよ。一時間したら来るといってた」

「なんのことだよ」

「来週、クラス対抗のソフトボール大会があるの。それでみんな、練習に行ったわ。その間、掃除しておいてくれって頼まれたの」

「……それだけなのか」

念を押すようにいったが、瑠々は強情だった。

「それだけなの」

「じゃあまだ、当分かかるんだな」

「半分しか掃除できてないわ。急がないと」

「手伝ってやろうか」

そういって表情をうかがったが、瑠々は白い歯を見せて首をふった。

「心配しなくていいのよ。部活、あるんじゃない」

彼のいるミステリ同好会は、けっこう部活に励んでいた。

「あるけど今日は欠席することにした。小説どころじゃないといったら、部長も文句つけなかった。だからまっすぐ帰るつもり」

「うん、そうして」

「……じゃあな」

万介はさっさと背を向けた。もちろん帰るつもりはなかった。廊下から大回りして校庭側に出た。掃除中なので窓は開け放しにされている。教室の様子は十分に探ることができた。陸上部の練習が遠くではじまっていたが、校舎に沿ったこのあたりは、庭木や花壇が多いので隠れ場所に不自由しない。ただし日当たりがわるく、風当たりがいい。風邪をひくかなと思いながら、その場にしゃがんだ。

ガタガタと教室の中で音がした。瑠々が机を整理しているらしい。鼻唄も聞こえてきた。聞いたことがあると思ったら、兄が作詩したテレビゲームのイメージソングだった。

万介は腕時計を見た。一時間後というならもうすぐだ。

しゃがんだままの姿勢で、空を仰いだ。ぽかりと浮かんだ雲に、斜め下から日があたっており、暖かそうな綿の固まりに見えた。作詩の最中の兄貴は、言葉に詰まるとすぐアレはなにに見える、と聞いてきた。そんなときの兄は頭の血管が半分切れてるから、弟の迷惑なんかまるで無視する。トイレにいても構わずはいってくるんじゃないか、兄貴は。頭がやわらかくないと比喩が一本調子になるといって、しきりと自分の頭をたたいていた。あんなにガンガンたたいたのでは、よけいに固くなったと思うぞ。

頭上で窓が閉まる音が聞こえ、万介は首をちぢめた。閉めたのは瑠々に決まっている。どうやら掃除が終わったらしい。よし、予定時間に納まった。そう思ったとき、教室内にガヤガヤと人声があがった。男の子もいれば、女の子もいる。

「終わったわ」

瑠々の報告にリアクションを起こした声は、ひとつもなかった。

「どうだ。なん点だ」と男生徒。

「モップが片付いてない。減点」と女生徒。

「いま終わったところよ。これから片付ける……」

いいかけた瑠々の声がとぎれた。

「なんか匂うな」

「臭い、臭い」

「やーな匂いがするわね」

瑠々が憤然とした口調で抗議した。

「そんなはずないわ。隅から隅まできれいにしたもの」

その声に直接返事する者はなかった。

子供たちが歩き回る足音がした。窓ガラスがビリビリ揺れる。おそらく瑠々のまわりを、全員で歩いているのだろう。

「わかった、臭いわけが」と、男生徒。

「部屋が臭いんじゃなくて、人間が臭いのよ」と、女生徒。

「そうだったのかア。掃除した奴が臭いんだ」と、男生徒。

「でもなんの匂いかな。当たったらえらーい」と、女生徒。

「男だ」「男？」「ママが男とデートして、そのとき匂いがくっついた」「そっか、これ北里って人の匂いなのか」

瑠々の声が割り込んだ。

「掃除が終わったんだから、カバン、返して。約束でしょう」

厳しい口調だったが、生徒たちはとぼけた。

「おーい、いまなにかいったか？」

「カバンって聞こえたみたいだけど」

「なんだっけ、カバンというの」

「さっききみが、木の上に放り上げたものじゃない？」

「ひどい！」

瑠々の声がキンとひびいた。

「どこの木なの、返して」

「だれかがなんかいってるぞ。裏山のお化けケヤキの話か？」

そこまで聞いて、万介は行動を起こした。

東西学園の周囲はいわゆる山の手の住宅地だから、敷地は潤沢とはいえない。最近までおなじ敷地内にあった大学がキャンパスを多摩《たま》に移したので、やっと余裕ができた程度である。その中で唯一の緩衝地帯といえるのは、戦前から確保されていた北側の丘だ。雑木林に覆われて、往年の武蔵野《むさしの》の面影をとどめる丘は、小学生のスケッチ教室になり、中学生の冒険心を満たす遊び場になった。

その丘の主といっていいケヤキの大樹がある。子供たちが尊敬をこめてお化け呼ばわりするほど巨大だ。瑠々のカバンはその木に隠されたのだ。

瑠々がクラスのいじめに遭っていることは、はじめからわかっていた。といって中学生の万介が乗り出せば、事態はいっそう面倒になるだろう。喧嘩するつもりはないが、大勢に嚙みつかれれば手のひとつくらい出すかもしれない。いよいよ厄介なことになる。瑠々に気があるものだから、よけいなことをした。教師はそう思うだろうし、以後の瑠々の立場はいっそうわるくなる。

教師はむろん実態を知らない。カンづいていたところで、子供のことは子供の自主性に任せる、それが私の指導方針です——くらいのことしかいうまい。かりに現場を抑えても、いまどきの小学生だ、「遊んでいました」「ふざけていました」と言い逃れするに決まっている。「大人ってユーモアのセンスに乏しいんですね」ぐらいなことはいってのけるだろう。そういや昔、そんな生徒に乗せられて、自分も一枚くわわって葬式ごっこをやってのけた教師がいたっけな。

それでも待っていた甲斐があった。走りながら万介は喜んでいた。カバンを取り返してやれば、瑠々はすぐ下校できるんだ。

通用門をくぐると、せまい私道のすぐむこうに丘が盛り上がっていた。落葉樹が大半なので妙に明るく見える。理髪店へ行ったばかりのようだ。遊歩道といえばオーバーだが、杭で土留した階段が木立の間をうねっている。万介は息もつかずに駆け上がった。すぐケヤキの大樹が目についた。

樹高三十メートルはあるだろう。葉をふりおとしたケヤキの樹形は、巨人がバンザイをしているように颯爽《さっそう》とした眺めだった。西日に照らされていたおかげで、カバンはすぐみつかった。下枝の分かれ目にがっちりと挟まっている。石を投げてもビクともしないだろう。高さ八メートルほどと、万介は目測した。

あんな場所まで、小学生がどうやって持ち上げたんだろう?

万介はあわただしく左右を見た。思った通り、しげみの間に梯子《はしご》が倒してあった。庭師代わりに、教師が手入れするのを見たことがある。きっとそのとき使った梯子だ。梯子を立てた万介は、ケヤキに寄りかからせた。

「うまい」

ちゃんと下枝のところまで届く。あのガキどももこいつを使ったんだ。躊躇《ためら》うことなく、万介は梯子をのぼった。いつもの彼ならもっと冷静に、梯子をチェックしただろう。

急いでいたものだから、梯子の桟の一本にひびがはいっていることに気づかなかった。

3

くりかえす瑠々の言葉はむなしい。掃除当番だった六人は、だれひとり彼女を見向きもしないからだ。

「お掃除ひとりで済ませたら、返してくれるといったでしょう」

「……掃除、これで終わってるかな？」

男の子が聞くと、女の子が答えた。

「まだいっぱい汚れてる」

その間にべつな子供たちが、黒板いっぱいに悪戯《いたずら》書きした。ガラス窓にマジックで絵を描いた。机を一列ひっくりかえした。

「ねっ、これで掃除したなんていえる？」

呆然としていた瑠々の顔に、血の気がさした。だが、次に口を衝《つ》いて出た言葉はみんながはっとしたほど低く落ちついていた。子供らしくないしゃがれ声が、いつも以上に際立って聞こえた。

「返して、カバン」

「そうだね。いえないね」

瑠々は教壇にあがって、黒板の悪戯書きを消した。少女の顔からは、ふたたび一切の感情がなくなっていた。チョークは消せたが、マジックは簡単にゆかない。ガラス窓の絵の前で、さすがに立ち往生した瑠々を、同級生たちが興味津々という顔でみつめた。

「そのままにしておけばいいんだ、瑠々」

少年の声がした。瑠々もいじめっ子集団も、びっくりして教室の入口を見た。瑠々はもう一度びっくりした。

「万介くん！」

万介の顔は血まみれだった。ジャケットの袖に泥がついている。

「どうしたの！」

「へへ」

と、万介は照れ臭そうだ。「ドジっちまった。……ほれ」

差し出されたカバンに、瑠々は大声をあげた。

「ありがとう！」

黙りこんだ六人の少年少女を無視して、万介が教室を見回した。

「やあ、きれいに掃除できたなあ。これでもう帰れるんだろう?」

「うん」

「いっしょに帰ろう」

六人に顔を向けないまま、万介がいった。

「机も並んでるし、窓ガラスはピカピカだし、先生がなんかいったら、俺証言してやるよ。瑠々の掃除は完璧でしたってね」

それっきり、少女と肩をならべて学校を後にしたので、六人がどんな顔をしていたかわからない。

校門を出てしばらく歩いてから、万介がいった。

「明日、担任に俺が話そうか」

「いいの」

「だけど……よけいなことして、瑠々の立場なくしたもんな」

「そんなことよか、ちょっと待って」

「ん？」

「こっちよ」

路傍の児童公園に、万介をひっぱりこんだ。ささやかな緑地と、水飲み場が設けられていた。

「目つむって、じっとしてて……もう少し顔を出してくれる」

「こうか」

瑠々はティッシュと水にひたしたハンカチで、万介のおでこの傷を押さえた。出血はほぼ止まっていたので、汚れたおでこを拭いてやった。

「いてて」

「男の子でしょう、我慢しなさい」

「へえへえ」

「ケヤキから落ちたの？　万介くん」

「梯子から落ちた。横棒が一本、折れてたんだ。おかげで地べたにダイビングして、顔面制動」

「ごめんなさい。私のカバン取りに行ったせいで」

「いまさら謝るなよ」

そこで万介はにやっと笑った。「お前と俺の仲じゃないか」

瑠々も調子を合わせて笑いだした。心配していたマスコミは、ひとりもきていない。彼ら彼女らは、また新しいスキャンダルを求めて飛び回っているのだろう。

「あらあら、ボタンがふたつ取れてる」

少年のジャケットの袖を引っ張った。

「今日これから、万介くんの家に行っていい？」

「うちに帰らないのか」

「帰ってもママいないの」

はじめて寂しそうな顔を見せた。

「お友達の家に泊めてもらうって。私にもおいでといってくれたけど」

「じゃあそっちへ行けよ」

「このボタン、つけてから行く」

「俺だって家庭科やったんだぞ」

「おじさんに聞いてるもん。いつか万介くんにつけてもらったシャツのボタン、五分で落ちたって」

「あいつ！」

そこにいない百男にむかって、万介は憤然とした。

「ヘンなことを覚えてるんだな……」

語尾が小さくなったのは、そこにいないのではなく、どこにもいないことに思い当たったからだ。

けっきょく瑠々は、東急線をひと駅乗り過ごして、万介のマンションにきた。まず仏壇にむかって、殊勝に手を合わせる。その間に万介が裁縫箱を出してくると、てきぱきボタンをつけはじめた。万介がやるより倍も早く、出来ばえは丈夫そうだ。針と糸をしまいながら聞いた。

「千三おじさんは遅いの、今日」

「毎度のことだ。飯はこれで食うなり作るなりしろって、金をくれた」

「じゃあ私が作ったげる」

「瑠々が？」

「私の得意技、ケーキだけじゃないのよ。男の子をダウンさせるには、平凡な家庭の味で迫らなきゃ」

「あ、そう」

「ところで万介くん、なにを食べたい」

本気で聞かれて、たじたじとした。

「そうだな……これまで兄貴が作ってくれたご馳走というと」

「うん」

「すき焼きかな」

瑠々はがくっときたようだ。

「腕を揮《ふる》う余地ないわね。でもいっか。すき焼きはひとりで食べるより、なん人かでつつくほうがおいしいから」

「なん人かでって……俺たちふたりだけだぞ」

「いいじゃない、水入らずで」

冷蔵庫をチェックした瑠々は、即座に指でマルを作ってみせた。

肉も野菜もあるから支度は私ひとりで十分。その間万介くんはおじさんと話してらっしゃいと、突き放された。身の置き場所がないので、いわれる通り仏壇の前に座った。

そろそろ花を代えなきゃな……この戒名、むつかしすぎて俺読めない……線香の煙、兄貴好きだろう。生きてるとき愛煙家だったからな……早いもんだ、もうすぐ四十九日じゃないか。

あれこれ対話していたら、意外に早く時間が経過した。

「どうぞ」

テーブルの上に、ご馳走がならんでいた。鍋を乗せているのは、千三がはじめてボーナスをもらったとき買った電磁調理器だ。

「さ、食べて食べて。味に不満があったら、適当に自分で加減してね」

瑠々はサロンエプロンをつけている。狸《たぬき》のアプリケが可笑しかった。

「そんなもの持ってたのか」

「学校で家庭科があったの。ちゃんとサマになるでしょう」

「ああ。……」

アツアツの肉を口に入れて、わざと不明瞭にいった。「新婚の奥さんみたい」

瑠々は全然めげなかった。

「貧困と聞こえたけど、新婚よね」

「うまいな」

大声でほめてごまかした。「やっぱりひとりよりふたりのほうがうまい」

「私の味つけの褒め言葉になってないよオ……おじさんのすき焼きとどっちがおいしい？」

「うーん。どっちだと思う、兄貴」

仏壇をふりむいていうと、瑠々も乗ってきた。

「ごめんなさいね、おじさん。あなたの弟においしいものを食べさせてしまって。だって私のほうがプロですもんね」

「兄貴、化けて出てくるぜ。俺にも一口食べさせろって」

「化けて出てきていい」

真剣な口調だったので、万介は思わず箸を持つ手を止めてしまった。

「だってそうすれば、あの人を殺したのがおじさんじゃないと、教えてもらえるから」

「……瑠々」

声が喉につかえた。「きみもそう思ってくれてるんだな。兄貴が殺人犯じゃないことを知ってるんだ」

少女は目をぱちぱちさせた。

「当たり前でしょ！」

「そうか。ありがとう」

「なにをいまさら……あなたと私の仲じゃありませんか」

それでふたりは爆笑した。ご飯粒を吹き出しそうになり、あわてて万介は口を抑えた。

久々に楽しい食事だった。

後片付けは俺がやるというと、瑠々は止めなかった。せっせと皿を洗っている間に、万介にひと言断った彼女は、電話を借りた。兎弥子が一夜を借りている友達の家にかけたようだ。

「もしもし、早川瑠々と申します。恐れ入ります、母がお邪魔しているでしょうか」

水音の合間にそんな声を耳にいれて、万介は恐れ入った。声だけ聞くと、年増のオバサンだぞ。声の調子だけじゃない、落ちつきはらってあんな行儀のいい言葉を並べるんだからな。

相手が兎弥子に代わったようだ。

「……大丈夫よ。私は私でちゃんとできるから、ママは安心してゆっくりしてらっしゃい。うん……うん、万介くんによろしくいっておくわ。千三おじさんにもね。じゃ、おやすみなさい」

電話を終えた瑠々のそばに、後片付けをすませた万介が、飛んでいった。

「瑠々ちゃん！」

「あら、ご苦労さま」

「ご苦労さまじゃないよ。おやすみって、いまいわなかったか」

「いったけど」

「それじゃあきみ、今夜はうちに帰らないつもりか！」

「帰っても仕方ないでしょう？　ママはいないし……」

「いや、そういうことじゃなくて、きみ今夜ここへ泊まるつもりなの」

「いけない？」

まじまじと見られて、万介は言葉を失った。

「だって明日の学校の支度を」

「あ、それなら家から持って出てるの。ママの泊まり先へ行くことになるかと思って。準備万端整ってるから心配しないで。千三おじさんが帰ってきたら、百男おじさんのお部屋で休ませてもらうわ」

「……う、うん」

ちゃんと瑠々は自分が眠る場所まで考えている。万介の剣幕に驚き顔の少女を前にして、なにもいえなくなってしまった。

だが問題は、いつ千三が帰宅するかということだ。

テレビを見、明日の予習をすませたが、千三が帰る気配はなかった。

瑠々も気にかけていたらしい。壁の時計を見上げていった。

「おじさん、遅いね」

「帰ってこないかもしれないぜ」

おどかすつもりではなかったが、万介がそういうと、瑠々はぎょっとしたみたいだ。

「やだ。そんなこと、これまでにあったの」

「ときどき、ね。千三兄ちゃん、マージャンが好きなんだ。徹マンで連絡もせずに帰らなかったことがある」

「今日も、そうかしら」

「わからないな……あ、でも瑠々ちゃんはいいからおやすみよ」

「……」

返事がないのでふりむくと、瑠々が膝を揃えて正座していた。

「布団がわからないのか。敷いてあげる」

なぜか固まってしまった瑠々を、あまりしげしげと見てもわるい気がして、立ち上がった万介は百男の部屋に寝具をのべてやった。書棚と座卓の間にはさまって谷底みたいなスペースだが、やむを得ない。

「おいで、瑠々ちゃん」

呼びかけると、食事のときと別人のようにおとなしくなった少女が、おずおずとはいってきた。

突然万介は、理解した。

「瑠々ちゃん、パジャマは」

「ネグリジェ、持ってきてないの……ママのお友達が、貸してくれるといってたから」

元気がなくなったわけだ。男ばかり三兄弟の家では、タンスの底までかき回したって女ものの寝巻なんてない。瑠々は、今夜は下着姿で布団へはいるのか。そう考えたとたん、万介の全身が熱くなった。

「上だけ脱いで……寝ればいい」

しゃっくりに似た声でそういうと、瑠々がこくんとうなずいた。

見慣れたはずのその動きが、今夜にかぎってびっくりするほど愛らしく感じられた。

万介の熱っぽさは、まったくひく様子がなかった。俺……俺、どうしてしまったんだろう。頭も顔も真っ赤に燃え上がって、下半身に突っ張る感覚があった。

「万介くん……」

しゃがれ声が、瑠々の口から洩《も》れた。

「あっち行ってて」

「ああ」

そう答えたときは、万介はたしかにリビングルームへ引き上げるつもりでいた。だがブラウスに手をかけた姿勢の瑠々を、目の隅にたしかめたとき、だしぬけに少年の頭の中で炎が噴き上がった。

「瑠々……」

叫ぶというより、呻《うめ》くような声になった。

「え？」

驚いた少女がふりむくより早く、少年の腕が体を抱きしめた。二度と離すもんか、そういうように、力の限りいつまでも抱きつづけた。瑠々はまったく声をたてなかった。黙って万介にまかせていた。彼が彼女を見たつぎの瞬間ふたりの唇が合わさった。ぶきっちょなファーストキスだ。万介にせよ瑠々にせよ、マンガ雑誌でキスの場面なんて腐るほど見ている。夢のように美しいものと信じていた。現実にはぬるっとして生温かくて、息苦しくなるものと知った。それでも万介は夢中だった。いつもの反省癖なんて、どこかへ吹っ飛んでいた。抱きしめて初めてわかった。少女の肉体が、これほど柔らかく弾力を持っているとは思わなかった。

「瑠々、好きだ」

万介はぜえぜえ息を切らしながらいった。

「私も好き」

なんの躊躇いもなく応じてくれた少女の胸に、まるいふたつの圧力を感じて、少年の頭の中で箍《たが》が外れた。体重を相手にあずけて、ふたりいっしょに、敷いた布団に倒れこむ。それでも瑠々は抵抗しようとしなかった。必死になって声をあげるのを堪えている。もう一度唇を合わせた。万介の舌が瑠々の唇を割った。いったん戸惑いながら、それでも彼女は、彼の侵入を受け入れようとした。

ふと、万介は気がついた。瑠々の頬が濡れている。

その冷たさが、少年の理性を呼び戻した。

はっと彼は、体を離した。

「泣いてるのか?」

「え」

指で撫でた瑠々は、自分でも驚いていた。

「ほんと。私、泣いてる……」

「ぎゅーぎゅー抱き締めたから、痛かったかな」

「死ぬかと思った」

「それ、オーバーだぞ」

「オーバーじゃないもん。もう少しで窒息しそうになったわ」

「キスしたときに?」

おかしなものだ。口に出してキスといった瞬間、万介は顔がカッと赤くなった。今度は頭の中は、いっしょになって燃えなかった。むしろ冷たい、水のような思いが湧き出てきた。腕立て伏せの恰好で瑠々の顔を見下ろすと、自分でも興奮が静まってくるのがわかった。瑠々がまじまじと見上げている。

これでおしまいなの？

なんだかそう聞かれているみたいで、万介は照れた。

だが実際に彼女の口から出た言葉は違った。

「万介くん、痛そう……」

おでこに貼った絆創膏《ばんそうこう》を思い出した。

「もう痛みはなくなったよ。……この次は、くそ」

「この次は落ちない？」

「いや、もっと上手に落ちる」

ふたりは声をたてて笑った。明るく弾《はじ》けた声が終わるか終わらないかのどさくさ紛れに、万介はぶすっといった。

「……好きだよ」

俺ってバカみたい。もっとほかにいうことはないのかよ。

だが瑠々は笑わなかった。万介に負けない真剣な顔で、怒ったように返事した。

「好き」

「うおーっ！」

わめいた万介が、布団にでんぐりかえった。瑠々と並んで天井を見上げると、彼女はちょっとたまげたみたいだ。

「なにを吼《ほ》えてるの」

「嬉しいから、怒鳴ってるんだ」

「そんなに嬉しい？」

「ああ。瑠々が俺を好きといった」

「そんなことでよければ、なん度でもいったげる。好き好き好き好き」

「うおーっ。うおーっ。うおーっ。やめてくれ、喉が嗄《か》れる……でもな、瑠々」

くるっと体を半回転させて、少女の横顔を見る形になった。

「はい。なに？」

と、瑠々も万介を見た。

「その前に嬉しかったのは、百男兄貴が殺人犯じゃないといってくれたことだ」

少女は黙って、少年を見つめる。

「今日、友達にいわれた、人殺しの弟だって。先生たちはなにもいわないけど、おんなじこと思ってる。あの連中の視線で皮膚がヒリヒリするくらいに。それでも瑠々は、そういってくれた。だけど瑠々の親父がだれかに殺されて、埋められたことは確かなんだ。俺、約束する。瑠々の親父さんを殺した奴を、きっとみつける。そいつが俺の兄貴を殺した犯人でもあるんだから」

「本当？」

瑠々がはね起きた。「本当に、みつけてくれるの？」

「もちろんだ。俺をだれだと思ってる。東西学園中学部のミステリ同好会副会長だぞ。副っていうとこが迫力ないか」

「本当なのね！」

瑠々は万介の冗談に目をくれなかった。頬に血をのぼらせて彼を直視している。その顔つきを見て、万介ははっとした。

（瑠々……父親を『あの人』扱いしていたけど）

自分と縁もゆかりもないような口ぶりだったのに、あれはポーズだったんだ。瑠々の心の中には、父親の座る席がちゃんと用意されていたんだ。

万介も真顔になっていた。

「みつけるさ。それが兄貴のためなんだし、きみのお父さんのためだ。そうだろう」

「……」

無言のまま、きゅっと顎をひいた。

「よし。瑠々も力を合わせてくれるね？　犯人をみつけよう」

そのとき、玄関の鍵を開ける音がした。

「千三兄ちゃんだ」

万介と瑠々は互いの顔を、もう一度みつめあった。

「……俺たちの約束は、兄貴に内緒だぜ」

「うん。ママにも秘密」

にこりとした万介が、大声になった。

「お帰り、兄貴！」

いづこにか敵のゐて、
敵のゐてかくるるごとし。
酒倉のかげをゆく日も、
街の問屋に
銀紙買ひに行くときも、
うつし絵を手の甲に捺し、
手の甲に捺し、
夕日の水路見るときも、
ただひとりさまよふ街の
いづこにか敵のゐて
つけねらふ、つけねらふ、静こころなく。

第八章　敵

1

初冬の風は身を切るようだ。百男の遺骨が葬られた秋山墓地は、すばらしく風当たりのよいロケーションだった。小高い丘を切り開いて、雛段《ひなだん》式に造成している。墓地分譲の効率を考えてか、もとは鬱蒼《うっそう》としていたであろう武蔵野の木立は、完全に伐採されつくしていた。おかげで冬は寒い代わり夏はカンカン照りという、故人より参拝者が苦しむ大墓園ができあがった。

納骨に集まった人の数は、ごく少ない。肉親の千三と万介を中心に鉛色の空の下で、言葉もなく一様に首を垂れていた。兎弥子は欠席して、瑠々だけが出席した。

「ごめんなさい」

そっと詫《わ》びられて、万介はかぶりをふった。

「おばさんはこないほうがいい。まだ兄貴の疑いは晴れていないんだから」

早川カメラマンの死が明らかになって、ひと月あまり経過している。その間、これといって百男の犯行を否定する材料もなく、警察の動きも鈍かった。多くの人はとっくに事件を風化させており、記憶の灰が吹き飛んだ跡にのこっているのは、平成の白秋が殺人を犯したとする不気味な結論だけだろう。

声高らかに童心を歌いあげた詩人が、童謡を書いたおなじ手を血で赤く染めていた？平成の世に、子供も大人ももはや童心を必要としない。

と主張する極論まで出て、いっとき童謡童話など児童文学に関する論議が沸騰したものの、あっという間にしり切れトンボに終わってしまった。

白木によれば、こうなる。

「児童文学がむつかしいのは、ディスカッションに参加するべき読者――児童文学でいえば子供たちよね――に、なんの発言権もないことだわ。読書の感想文だって、子供が自分の意志で書くんじゃなく、教師や親が書かせているんだもの。当事者の肉声がわからないまま、私たちは本を作り歌を作っているのよ。こんな頼りない、心細いことってある？」

ベテラン編集者の本音といえた。

それとは違う立場から、詩織もいっている。

「今度の事件について、栄林学習塾の生徒たちから意見を聞いたわ。関係ないっていうの。本だのゲームだの歌だの、そんなものに気を散らされるようでは、志望校に入れないぞ。そうどやされるだけだよって」

白木も詩織も列席している。白木が強引に連れてきたとみえ、名越も神妙に墓前で手を合わせていた。

万介は、白木の横顔をじっとみつめていた。それから、アリス社に電話したときのことを思い浮かべた。百男を秋山墓地に納骨するので、もしお時間があれば……と遠慮がちに申し出たのだ。

「え、秋山墓地ですか」

白木の声が妙に跳ね上がったので、ちょっとびっくりした。聞いてみると、彼女の近親者が葬られているのだそうだ。

「ですから、場所はよく知っています。ぜひお伺いいたしますわ」

ついでに名越にまで声をかけてくれたらしい。小柄で色黒な編集者は、寒気に弱いのかしきりと鼻をすすっていた。

袈裟《けさ》をつけたお坊さんが、片手に鈴を捧げて長たらしい読経をつづけている。そのとき人の気配がしたので、万介はふりむいた。

驚いたことに、定光寺まで駆けつけたのだ。授賞式で顔見知りになった万介たちが黙礼すると、定光寺も合掌して参列者の間にはいろうとした。いち早く白木が体をずらして、定光寺が立つ場所をあけてやった。

しばらくは聞こえるものは、読経の声と風の音、それに名越が鼻をすする音だけだった。厚く垂れこめた雲は、いっこうに機嫌をなおそうとしない。石版画の登場人物さながらに、みんな黙々と立ち尽くしていた。

――ようやくセレモニーが終了した。

解放されたような気分で、万介は瑠々にささやいた。

「我慢したぶん、おときがおいしいぞ」

「不謹慎よ、万介くん」

瑠々に睨まれたが万介は平気だ。

「こんなときメシだメシだっていちばんに騒ぐの、百男兄貴だったからね」

定光寺に気がついた千三が、急いで挨拶している。

「なにもありませんが、おときを用意していますので、先生よろしかったら」

「いや、ありがとう。申し訳ないがこの下に車を待たせているものだから……」

「車でいらしたんですか」

白木がホッとしたように声をかけた。

「私もすぐ社に帰らなきゃならないんです。ごいっしょさせていただけませんか」

「ああ、どうぞ。名越さんもよかったら」

せっかくの定光寺の誘いだったが、名越は色黒の顔に愛想笑いを浮かべて断った。

「いえ、私はみなさんと」

「私の分までいただいてくださいね」

三人の声を背後に聞きながら、万介は詩織に近づいた。この機会に瑠々を紹介しておきたかったのだ。だがその必要はなかった。少女を見た詩織が、即座に名をいい当てたからだ。

「北里先生からお話を聞いていましたわ」

「わ、そうなんですか」

瑠々は嬉しそうだった。百男どうよう詩織も、自分を一人前の女の子として見てくれている、と直感したからだろう。

「どうぞよろしく」

「こちらこそ」

微笑した詩織が、あたりに気を遣った様子でささやいた。

「後でお話があるの。……事件のことで」

「はい」

名越がすぐ後ろについている。ここで話題にするのはまずいのだろうと、ふたりは納得した。

昼の食事は、墓地に付属するお休み処《どころ》の二階に準備されていた。その入口まできたところで、万介が「あれ」とポケットを抑えた。

「どうしたの」

瑠々に聞かれて、万介は頭をかいた。

「忘れ物だ……数珠」

「大事なアイテムをだめじゃない」

「お墓のそばの石垣に置いてきた。取ってくる」

足早に引き返す途中で、足を止めた。無人になったはずの墓地に、まだだれかのこっている。頭がふたつ、墓石の間に見え隠れした。北里家の墓碑ではない。もっと奥の、一段低くなっている場所だ。

とくに怪しく見えたわけではないのに、なぜかそのときの万介は、神経質になっていたようだ。一瞬見えた半白の頭が、定光寺勤のように思われたせいかもしれない。定光寺先生なら白木さんを車に乗せて、とっくに帰ったはずなのに。

体をかがめた万介は、大きく迂回してふたりに近づいた。ろくに茂みがない代わり、背の高い墓碑が林立しているので、用心すれば滅多に相手から気づかれまい。

声が聞こえた。

男女ふたりが、階段を踏んで墓石の間をあがってくる。やはり定光寺と、白木だった。

あわてた万介は、いっそう体を低くした。

幸いふたりは会話に夢中で、万介のほうを見ようとしなかった。

「……七ヵ月のときか」

と、定光寺がいった。「さぞ可愛い赤ちゃんだったろうね。あなたに似て」

「でも旦那に似てたみたい」

「あなたのような人と別れるなんて、身の程知らずの男がいたものだ」

「私以前に離婚歴があったの。それを知ってて、軽くひっかかってしまったわ」

「いま、なにをしている人」

「塾の教師をしています」いいにくそうだった。

「落ちこぼれよ」

「うだつがあがらないのか。あなたにふさわしくない男だったんだね」

反射的に万介は肩をすくめた。定光寺が女性にミエミエのお世辞を使うなんて、考えたこともなかった。二枚目で女性に優しいんだから、もてるんだろうな、きっと。そんなことを考えていた万介は、背中を見せて歩み去るふたりを見て、目を剝いた。

定光寺が後ろに回した手の指が、おなじく白木の指にからんでいる。寒風に抵抗するように、長身の男と大柄な女性は肩を寄せ合っていた。

(あの人たち、そんなに親しいのか……)

瑠々の父親の心境が、ほんの少しわかるような気がした。あのカメラマンは、スキャンダルの素材を発見する度に、この偽善者め、この詐欺師め、そう思いながら、狙撃するようなつもりでシャッターを押していたんだろうか。

はっきりいって万介は、ふたりに裏切られたような気になった。白木は兄を高く買っていたし、定光寺は兄をアリス大賞受賞者に推薦した。それだけで十分、好意の対象であったのに。

千三ならもう少し控えめな感想を抱いただろうが、万介はそうはゆかなかった。兄がもらったアリス大賞まで、薄汚いものに思われてきたのだ。

一段下りた万介は、いましがたふたりが手を合わせていた墓石の前まで行った。嬰児《えいじ》のものらしく、小さな墓だった。

(七ヵ月といっていたっけ)

苦労したが、碑面の文字は万介にはさっぱり読めない。やっとのことで「……童女」という最後の二字だけわかった。

墓碑の裏面をたしかめた。この子は五年前に亡くなっている。俗名——白木ユミ。

(白木さんの子供なのか?)

秋山墓地の名を耳にした白木が、動揺した理由がよくわかった。偶然にも自分の娘とおなじ墓地に、百男が葬られたのだから。

思い出して、北里家の墓の前から数珠を取り上げた。急いで食事の席にもどったときは、瑠々でさえ松花堂弁当を半分以上平らげた後だった。

「なにをしていたの、万介くん」

咎めるような瑠々の口調にも、万介は答えなかった。はっきりいって、答える余裕がなかった。いま見たばかりの情景に、昨日すませた遺品整理の結果。ひとりで考えつづけるには、いささか荷が重すぎたのだ。

瑠々の隣に詩織がいる。万介は少女の背中越しに声をかけた。

「さっきの話なんだけど……美山さんに、ぼくも話したいことができました」

「あら……どんな？」

「昨日になって、やっと兄の遺稿を整理し終えたんです。そしたら、妙なものが出てきました」

「妙なものって？」

「兄貴の書いた小説です。『時は逝く』というタイトルで……まだほんの一部しかできていないんですが、ぜひ読んで、感想を聞かせて下さい」

そこで少年は実に複雑な表情をつくった。

「感想というより、推理ですけど」

2

〝こどもの村〟はオープン早々盛況だった。百男の事件が報道されたことでかえってネームバリューが高まったのは皮肉な結果である。

軽井沢は夏のレジャー基地としてなら全国区だが、冬場はさして強くない。おなじ信州にはスキー場で知られる志賀高原や菅平《すがだいら》などの大観光地が、ずらりとならんでいるからだ。

新幹線開通を契機に、東京方面の客が季節を問わず訪れることを計算に入れて、離山の麓に〝こどもの村〟が開業したおかげで、冬の軽井沢はけっこう賑わっていた。

万介が瑠々を誘って出かけたのは、冬休みにはいってからのことだ。クリスマスの混雑を避けて、直後に行く計画をたてたのだ。詩織も同行の予定だったが、理事長に急ぎの仕事を押しつけられて、昨日になって断ってきた。本人は未練がましく、時間ができたら途中からでも行くといっていたが。

昭和初期の小学校校門（ただしそれを二倍に拡大している）を模したゲートをくぐるとすぐ、巨大なクリスマスツリーが出迎えたから、万介は苦笑した。気合をいれて作っただけに、すぐ壊すのがもったいなかったのだろう。

標高千百メートルで、気温は低いが降雪量は少ない。十一月早々から客を集めている付近のスキー場は、どこもスノーガンに頼っている。それでも昨夜降ったばかりだそうで、ゲート正面の広場——といっても中央の緑地帯だけ——は、うっすらと白のヴェールをまとっていた。

あとの部分は完全に雪が溶けている。幼児や老人が足をとられないよう、路面の下にヒーターが通してあるのだそうだ。

ディズニーランドが徹底してメルヘン調、ハウステンボスが異国調とするなら、ここのコンセプトはレトロである。ゲートが校門ということでわかるように、すべてが懐かしムードで統一されていた。スーヴェニールショップは駄菓子屋の作りだし、パビリオンは活動写真館だったり、サーカス小屋だったりする。実際の大きさよりはるかに大型に作られているのは、大人も子供の時代に帰ってほしいから、というわけだ。実際に煙を吐いて走る小型SLや、白昼からイルミネーションにぎにぎしいカルーセルがあるのはおなじだが、なみのレジャーランドならゴーカートになるところが、ここではレール上を走る人力車だったから笑える。ぎくしゃく走るロボット車夫を、人力車の上から運転した万介は、すっかりくたびれてしまった。

「ぼつぼつショーが終わるわ」

時計に日をやった瑠々がいうと、万介がうなずいた。

「じゃあ行こうか」

ふたりは、〝こどもの村〟へ遊びにきたのではない。多少はデートの心づもりがあったにせよ、眼目は百男が死んだ現場を、その目で確認しておきたかったのだ。

パンフレットでたしかめると、メインホールはマジックショーを一日三回上演中だった。公演時間の合間は、客の休憩用に開放されている。冬の冷気を勘案して、できるだけ屋根の多い施設をそろえた――というのが、アリス社を含むスポンサーの触れ込みであった。

パンフレット裏面のマップを頼りに歩く。アップダウンの多い敷地だが、最小限度の融雪が確保されているので、溶けた路面を歩くかぎり足を滑らせる不安はない。

「あれね」

手袋をはめた手で、瑠々が前方を指した。ドーム型の建築が見えた。なんとなく古めかしいデザインなのは、戦前の国技館をイメージしたものだろう。むろん万介や瑠々とは無縁の凝り方だが。

次回のショー開演まで、たっぷり一時間は自由に出入りできる。円形の縁にあたる部分にずらりと取り付けられたドアが、いまはいっせいに開いていた。ドア枠の頭上からエアカーテンを吹きつけ、外の冷気を遮断する工夫が施されている。内部は外側から客席を囲んだ半円形の通路になっていた。幅がたっぷりととられ、随所にソファや自動販売機コーナーが設けられていたから、むしろロビーと呼ぶべきだろう。

「武道館に比べればずっと小さいわね」

「それでもほら、定員千二百人」

壁に貼られたパネルの中に、場内の見取り図もあった。

「兄貴が死んでいたのは、ここだ」

寒さで赤くなった指先で客席の一隅を押さえる。万介は手袋を持ってこなかったのだ。

「はいってみよう」

ロビーから客席に通じるドアも、数多い。そのひとつをくぐって階段をあがると、スタジアム式に積み上げられた客席の中ほどに出た。正面のステージを、やはり半円形に取り囲んでいる。

「あの席じゃなかった？　おじさんが死んだのは」

瑠々が示すと、万介はうなずいた。

「そうなんだけど……やはりおかしい」

「どこがおかしいと思う？」

「殺人を犯すのに、こんなに見通しがよく、逃げ場が少ない場所を選ぶのはヘンじゃないか」

百男は自殺したのではない、殺されたのだというのが、万介の推理の出発点である以上、警察とはまるで違う観点から、現場を観察している。瑠々も同意した。

「うん……それに、ほら」

見取り図ではわからなかったが、百男が死んでいた座席の直前に、手すりが作られていた。

「ナイフで刺すには、この手すりが邪魔っけでしょう」

「たしかに。……だから兄貴は刺された後で、ここまで運ばれたと思うんだ」

「でもロビーから運ぼうとすれば、ほら」

ふりむいた瑠々が、いま自分たちのはいってきた通路を見た。

「あそこまで階段を背負って上がって、それからこの席まで移動させるなんて、手間も時間もかかるわ」

「どこか近道があるんじゃないか」

万介は見回した。客席についている人の数はごく少ない。雨か雪ならともかく、せっかく〝こどもの村〟に入場して、ただ休憩しているなんて物好きの部類にはいる。

「どこにもないよ」

「あるはずなんだ」

万介はまるで檻《おり》にはいったゴリラのように、客席の間を回りはじめた。

「そのときはここ、まだ工事中だったんでしょう」

「そうだよ。明かりも灯っていなかった。だが月夜だった」

「あの明かり取りから、月が照らしたのね」

ふたりは揃って天井を仰いだ。円形のドーム中央が透明になっている。このドームは可動式ではないので、重いガラスをはめ込んでも支障なかったのだ。

「警備は手薄といっても、無人じゃない。そんな中でおじさんの遺体を担いでうろうろできる？　移動はこのドームの中に限られていたのかしら」

「……そうかもしれない」

瑠々は、ゆっくりと自分たちの考えをくり返した。

「おじさんは正気でいた。薬を飲まされた形跡は皆無だった。ちゃんと目を開けていた。それなのに心臓を正面からただひと突きされて殺された……」

「ああ。どんな場合なら、殺人が可能になるだろうか。頭の中でひねくっていても、考えがまとまらない。だからここへきたんだ。兄貴をここへ移動させることができた範囲で、その犯行方法をみつけなきゃならない」

「……ねえ」

しばらく黙っていた瑠々が、口を切った。

「ステージからこの席へなら、楽に運べそうね」

たしかに百男の遺体がみつかった席は、ステージの平面近くまで下っている。手すりの外側の通路へ出れば、舞台までゆるやかなスロープがつづくだけだ。

「ロビーから連れ込むより、ずっと早いだろうな。だがこの先は舞台しかないぜ。そんなところで兄貴を刺すのは……やっぱり難しいだろう」

「でもね、いま思いついたの。このドームは、外から見れば丸いでしょう？」

「ああ」

「それなのに、この客席は半円形よ。ステージをいれても、円の三分の二くらいしかないわ。のこりの三分の一は、どうなってるのかしら」

「そりゃあ……楽屋とか控室とか倉庫とか」

「まだそのほかに、なにかあるんじゃなくて？」

「それにしても、ステージで行き止まりだよ」

「おじさんが死んだとき、ここはまだ工事中だったもの。工事の材料を運ぶ必要があるから、行き来できたんじゃなくて」

「そうか！」

　思わず大声になったが、客席にいる者はだれもこちらに関心を示さない。それでやっと気がついた。外へ出ようとしないわけだ。居合わせた者全員がカップル、それも熱烈なラブシーンの最中である。周囲の状況に気がついたとたん、今更のようにふたりは顔を赤らめた。

逃げるように客席を出る。いったんロビーへもどって、ホールの外を回ることにした。

そこで意外な発見をした。

「なんなの、これ」

3

おなじドームの傘の下だが、ホールと背中合わせにまったく別なアトラクションが用意されていた。〝怪談列車〟というのがその名前だ。一見すると、古色蒼然としたローカル駅のしつらえで、ほかのアトラクションどうようレトロムードが横溢《おういつ》している。

「入ってみる?」

「もちろん」

入口がホールの真裏なので、あまり人気の高い施設ではなさそうだ。駅舎にはいると切符売り場と改札があり、その奥に無愛想なホームが一本きり、ぽつんと横たわっていた。深夜の駅という設定らしく、ホリゾントに星がまたたいている。駅名標には〝こどもの村〟とだけ記されていた。

「これからどうするの?」

「本物の汽車がくるのかな……まさか』

一応ホームの向こうにレールが敷いてあったが、ドームの四分の一程度のスペースで、実際に列車が走るわけはない。後ろを見ると、いつの間にか改札口に幕が下りていた。

「客は私たちだけかしら」

「そうらしいね」

「ここでなにが始まるんでしょう」

「さあ……怪談というんだから、お化けが出るのかな」

「こんな駅のセットで？」

よくあるシミュレーションでも仮想現実ものでもないようだ。ぽかんとその場に立っていると、どこからかサアッという音が聞こえてきた。

「雨！」

「雨？」

本当だ。ホリゾントの星はすべて消え失《う》せ、細かな雨の粒がホームの縁を濡らしはじめた。ミストサウナの要領で、分量は少ないが本水を使っている。ゴロゴロという音は遠雷のつもりらしい。ずっと遠くの空がかすかに光った。

「あそこへはいりましょう」

ホームにぽつんと待合室が設けてある。飛び込んだふたりがベンチに座ったと思うと、天井の明かりが大きくまたたきはじめた。

「あ……ヤだ」

明かりが怪しくなったのは、待合室だけではなかった。ホームのあちこちに灯っていた電灯が、いっせいにパチパチいいだしたと見ると、あっという間にすべてが消えた。遠雷のおかげでしばらくは、お互いの顔を確認できる程度の明るさを保ったが、それも束の間、やがてホームは完全な闇に閉ざされた。

沈黙と暗黒。

とうとう瑠々が痺《しび》れを切らした。

「いつまでここにいればいいの……」

万介が答える暇はなかった。だしぬけに待合室を、突風が襲ったのだ。いや、はじめは突風かと思ったが、そうではなかった。それまでなにひとつ存在しなかったホームのむこうを、蒸気機関車の量感溢れるドラフト音が駆け抜け、つづけざまに客車の窓明かりらしいものが、猛烈な勢いで横に流れた。汽笛の吹鳴にまじって、胸の悪くなるような乗客の絶叫が長く長く尾をひいた。

立体音響と照明の悪戯とわかっていても、唐突に視覚と聴覚をかき回されて――いや、重量たっぷりな列車通過を体感させるため、待合室そのものにも揺動装置がほどこされていた。ガタガタと家鳴震動する窓枠と壁に、瑠々が小さな悲鳴をあげた。

「〝こどもの村〟……〝こどもの村〟……列車終点でございまーす……」

のんびりしたアナウンスが聞こえた。次の瞬間轟音《ごうおん》が起きた。たったいま列車が去った方角に火柱があがったのだ。待合室が崩れるかと錯覚するほどの、激動が連続した。

短い沈黙があって、あたりは再び真の闇だ。直後のアナウンスは、文字通りふたりの耳元で起こった。

「ご記憶ですか……みなさん」

「ひっ」

声だけではなかった。アナウンスと同時に、生温かい呼気がふたりの襟元に吹きつけられたのだ。瑠々がビクンと体をのけぞらせる。のばした手が万介を探った。万介が握り返してやったので、やっと落ちついたらしい。

深沈たる男の低音が、少年少女の耳をくすぐった。

「二十年前のことです。ブレーキが故障して、終着駅に着いたにもかかわらず、列車は停まることができませんでした。死者二十七人……重軽傷者百八人……惨事のあと七年たって……この線は廃止……駅もなくなりました……つまりみなさんが、いまいらっしゃるのは幽霊駅なのです。そんなはずはない……私はいま切符を買ってホームにきたばかりだ……そうですか。それならあなたは、あのとき亡くなった列車の乗務員から、切符を買ったのですよ。ええ、いまでもこの駅には、死者が彷徨《さまよ》っています。……ほら、こんなふうに」

立体音響システムがよく機能していた。右に聞こえていた声が、やがてゆるやかに移動して左の背後に位置した。

「もちろん私も、そのひとりです。ではこれから、私どもが列車で体験した音と光の恐ろしさを、みなさま方にも味わっていただきましょう。……なに、ほんのしばらくの辛抱です。いずれあなたたちが死んでしまえば、見ることも聞くこともできなくなるのですからねえ」

シュウという音がして、また襟に生ぬるい空気がかかった。

「……悪趣味だあ」

五分後、ほうほうの態《てい》でドームの外へ解放された瑠々が、憤然とした。五分の間に十回は悲鳴をあげた反動で、あまり機嫌がよろしくない。

「あの息を吹きかけるの、天井から細いパイプでも下ろしたのかしら」

「なにしろ真っ暗だったからね。視覚相手のバーチャやシミュレーションほど大がかりな設備投資もいらないし、シナリオ次第ではもっと怖くさせられるんじゃないか……」

そこで万介は口をつぐんだ。

「なんなの、万介くん」

「いや……思いついたことがある。そのへんで休もう」

昔話に出てくるような茅葺《かやぶ》きの茶店が、スナックだった。万介はお汁粉を頼んだが、瑠々はこの陽気だというのに、シャーベットをオーダーした。カロリーが少ないからだそうだ。

「わかったよ、瑠々」

と、万介がいいだした。「あのアトラクションが兄貴の殺された現場だ」

「待合室のベンチね?」

「そうだ。犯人は兄貴をあそこへ連れ込んだ。アリス大賞をもらった詩人に、アトラクションを批評してもらいたい……そんな言葉で釣ったんだろうね」

「たしかにあそこなら暗いし、音がひっきりなしだし、目の前にナイフが迫っても気がつかないでしょう。その代わり、犯人だっておじさんの急所が見えないわよ」

それについて万介は、すでに考えていたようだ。

「工夫ひとつで可能だと思う。兄貴は殺されるなんて思ってもいなかった。そんな相手にならば、夜光塗料を塗ったシールを胸につけられても、気がつかなかったろう」

「そうか」

少女が目を見開いた。

「おじさんのコートがほつれていたのは……」

「そのシールかなにかを、剝がしたあとかもしれない。臆病なふりをすれば、アトラクションの途中でいくら体を近づけてもふしぎがられないしね」

「でもナイフは……もともとおじさんが注文した品なんでしょう」

「ということになってるけど、それだって抜け道がある。兄貴は人がいいから、犯人はこういって頼むのさ。……ナイフを集めたいが、家に送ってもらうと叱られる。きみなら家に直送されても、文句をいう者はいないだろう。悪いけど私の代わりに受け取ってほしいんだが……とね。通販の受注伝票に兄貴の名前がのこっていて、ふしぎはないよ」

「万介、すごい」

瑠々が拍手する真似をした。「だれが犯人なのか、見当がついてるの」

「見当だけはね。……でも」

万介は汁粉を飲み干した。その有り様を見て、瑠々は考える。この次ケーキを持ってゆくときは、もうひと匙《さじ》砂糖を増やしたほうが彼の口に合うだろうな。

「状況証拠ばかりだから、まだ武井警部に話せない」

「残念」

鈴のついた財布を出しながら、瑠々がいった。「当分は捜査中か……」

「ごちそうさま」

女の子に奢《おご》ってもらうのに、万介は悪びれない。携帯電話を買ったばかりなので、今月は赤字決算なのだ。

「これからどこへ行く？　懸案がひとつ片付いたから遊ぶ？」

「いや。まだ見ておきたい場所があるんだ」

「この近くなのね。もしかしたら定光寺先生の別荘かしら」

「そうだよ」

「万介くん、やさしい」

瑠々にいわれたのが予想外だったらしく、問い返した。

「どうして」

「おじさんの最後の場所をたしかめたから、今度はパパの番だというんでしょう」

苦笑いして万介がいった。

「そこまで考えたわけじゃないが、せめて手だけでも合せたいもの」

大きく伸びをして、立ち上がった。

「歩いて行くか、それとも……」

「タクシーに乗りましょうよ。心配しないで……私がお金払うから」

「それを聞きたかった」

笑いながら小屋を出てゆくふたりの会話は、衆人環視の気安さか不用心なほど大声だった。話の途中から、ふたりに強い視線をあてはじめた男がいる。そいつはふたりを追い越して、大股に〝こどもの村〟のゲートにむかった。

壊れたピアノに、
壊れ椅子、
誰が月夜に弾いててか、
誰もゐもせず、音ばかり。

白い木槿に、
青硝子、
母様もしかと来て見ても、
中には月のかげばかり。

ときどき光る
眼が二つ、
黒い女猫の眼の玉か、
それともピアノの金の鋲。

（中略）
空には七色、

月の暈、
いつまで照るやら、照らぬやら、
壊れたピアノの音ばかり。

第九章　月夜の家

1

〝こどもの村〟のタクシー乗り場は一台のこらず出払っていた。

「どうする？　待つ？」

「いいトシした若いのが、タクシー待ちなんてだらしないな」

と万介がいったのは、母子家庭の瑠々に負担をかけるのが心苦しかったためもある。

「瑠々がかまわなければ、歩こう」

「いいよ。万介くんと歩けるなら」

で、歩きだした。

ふたりを追い越していった男が、駐車場へ走っていったことなど、気にも留めない。

はじめ瑠々はふたりっきりの遠足のつもりで、元気いっぱいでいた。行き先がカルイザワだったせいか、今日の少女はお洒落に気合がはいっている。もともと大人びた肢体なので、遠目には女子大生に見えるほどの背のびぶりだ。それはいいのだが、気負って新しい靴を履いてきたせいで、だんだんとへばってきた。

まわりのムードもよくなかった。これが新緑の五月、せめて紅葉真っ盛りの季節なら、雰囲気に乗せられて歩いてしまう。だがいまは肌寒い風が唸りをあげる最悪のシーズンだ。見渡すかぎり、冬枯れで骨張ったカラマツの林がつづいている。

日はすっかり西に傾いていた。雲に隠れて太陽の位置は不明だが、急速に夕暮れが近づいていることがよくわかった。ふりむくと離山のてっぺんまで、雲だか霧だかに覆われている。まして浅間山になると、裾のカーブがやっとわかる程度だ。

薄暗くなる、風は冷たくなる、おまけに道がぐいぐいと上り坂になったので、とうとう瑠々が降参した。

「万介くん、ごめん……タクシーに乗る」

「なんだ、バテたの。といっても」

苦笑しながらあたりを見回した。国道に平行して東西にのびた旧道なので、流しの夕クシーなんてみつかりそうもない。

「どこで捕まえられるかな」

「きっとくるわ。私って運が強いから」

運の強い子がいじめられるかよと思ったが、本当にすぐ空車が通りかかったので、万介はびっくりした。

「ね、そうでしょう」

にこりとして、瑠々は先に乗った。

「からまつガ丘というんだけど……わかりますか」

「ああ、別荘地ね。どうぞ」

親切そうな初老の運転手だった。慣れた手つきで、くねくね曲がる旧道を飛ばしながら、ミラーに話しかけた。

「ご兄妹ですか」

丁寧な言葉遣いは、金余りの別荘族に見たのだろう。

「いえ、違うんですけど」

「あ、こりゃどうも。新婚さんでしたか」

くっと瑠々がおかしな声をたてた。笑いを嚙み殺しているらしい。運転手は彼女をチラと見たきりだし、声だけ聞けばけっこうセクシーな大人の女だ。カン違いされても仕方なかった。瑠々を肘でつついて、万介は答えた。

「ぼくたち、まだ学生ですよ」

目がわるいんじゃないか。ハンドルを任せて大丈夫かしらん、というニュアンスだ。

運転手は照れ気味に笑った。

「こりゃどうも」

こりゃどうも、というのが口癖らしい。「あまりお似合いに見えたんで」

少年と少女は、顔を見合わせて微笑した。目はそこそこにいいようだ。

トンネルのように深い松林をくぐると、視界がひろがった。この高台一帯がからまつガ丘だという。簡易舗装の道の途中に案内図が出ていたので、下ろしてもらうことにした。

「帰りはどうすればいいのかしら」

瑠々が心細げな声を出したので、すかさず運転手が名刺を渡した。

「ここへ電話してくだされば、十分以内に飛んできますよ。オフシーズンですからね」

この先はブラブラ歩くというふたりに疑問もはさまず、タクシーは去っていった。エンジン音が消えると、あたりは森閑となった。鳥の声ひとつ聞こえない。

「別荘地って、いつもこうなの？　幽霊が出そう」

「季節外れだからだよ。ごらん、どこも雨戸が締めてある」

「……それでも車を置いた家もあるわ」

「そりゃあ一軒や二軒は、きている人もいるさ。あるいは定光寺先生の奥さんみたいに、常住している家もあるだろうし」

瑠々が見た車は、〝こどもの村〟の駐車場から男が乗ってきた黒のコロナだったが、むろんふたりはそれを知らない。

「定光寺先生の別荘、いまだれかいるのかしら」

「いないと思うけど、見とがめられないよう注意してのぞこう」

「あ、あれね」

礫岩を積んだ門柱に、定光寺の文字が嵌めこまれている。女主人を亡くした別荘は、心なしかくすんで見えた。敷石の目地からのびた草が、枯れたままむしる者もない。開けっ放しの門をくぐって、万介たちは玄関に立った。人の気配は皆無だ。

「留守ね」

「ここでふたりも死んだんだからなあ。住むのも嫌だろうし売れないし」

現実的な同情をしながら家の裏側に回った。枯れ草が踏まれてぽきぽきと鳴る。南側の掃きだし窓では、途中まで締めた雨戸が放置されていた。

「雨戸、閉まらなくなったのかしら」

瑠々がそっと覗きこんだ。ガラス窓にカーテンがかかっていたが、その隙間からわずかに家の内側を見ることができた。リビングルームだった。

「ピアノがある」

「奥さんが弾いていたんだ」

「タレントだったのね」

「もと女優さんだって」

「タレントと女優と、どう違うの?」

「知らない」

日がにわかに翳った。山の端に隠れたのだ。あたりに水のような冷やかさが漲《みなぎ》ってくる。ふたりは庭の小屋に近づいた。

「この裏側……」

瑠々の声がいっそうしゃがれた。

「うん」

万介も、声を喉から剝がすのに苦労した。

早川俊次カメラマンの遺体が埋められていた場所。

小屋の裏は二メートルほどの距離をおいて、崖になっていた。ずっと下に川の水音が聞こえる。小屋と崖の間のせまい土地は、不自然なほど木が生えていない。浄化槽工事――そして早川と定光寺章子が埋葬されたスペースは、ここだ。

「パパ」

たしかに瑠々は、そう呼びかけた。ポシェットから取り出した小さな丸いものを、土の上にそっと載せて合掌した。

「いまのは、なに」

「家に残っていたの……あの人が使ってたカメラのフィルター」

それっきりしばらく目を瞑《つぶ》った。

崖際に立った万介も、いっしょになって瞑目した。

突然、黒い風がぶつかってきた。あっと叫ぶ暇もない。本能的に体をひねって、敵の襲撃を避けたものの、次の瞬間足を踏み外した万介は、土けぶりをあげて崖を落ちていった。

夢うつつの間に、万介の耳はしっかりと女の声をとらえていた。

「治《おさむ》！　このドジ！」

瑠々も悲鳴をあげることができなかった。恐ろしい力で口を塞がれ、息をするのがやっとという状況だったからだ。

ふしぎなほど恐怖はない。それより心配だったのは、転落した万介のことだ。

(万介くん……万介くん！)

必死になって体を揉《も》むと、はがい締めにしていた者の腕がゆるんだ。そいつの手の甲にがぶりと噛みついてやった。

「ぎゃっ」

という声が真後ろで聞こえた。男だ。

一気に手を振り放した、と思ったら正面から猛烈なビンタがきた。

あっと見張った目の前に、女の——白木朝美の怒りに燃える顔があった。気を呑《の》まれてぼんやりしたのがいけなかった。力まかせに突き飛ばされた瑠々は、頭を小屋にぶつけたようだ。目から火が出るとは、こんなことをいうのだろう。くらくらとして、抵抗力を失ってしまった。ただ白木の声だけが聞こえる。

「なにをぐずぐずしているの、治！　早く崖を下りて様子を見てきて！」

白木が男に命じている。「急いで！　いまならきっと目を回してるわよ」

「わ……わかった」

白木に比べると、なんともたよりのない声が答えた。ざわざわという草を分ける音。

あ……あの男が、万介を探しに行く……逃げて万介くん……逃げて……逃げて！

それにしても……オサムってだれだろうな……。

2

高い所から落ちるのは、これで二度目だ。お化けケヤキから転落したことを思えば、少しはうまくやった。落ちた場所が枯れ葉の溜りであったのも、幸いした。

それでも万介は、当分の間ぼんやりしていた。

プルプル……プルプル……と、なにかが震えている。なにか、ではない。買ったばかりの携帯電話だ。

おかげでやっと、正気にもどることができた。うつ伏せのまま、ケイタイを引っ張り出す。

「あ……はい……」

声が出るかと不安だったが、なんとか応答できた。すぐにその声が詰まったのは、だれか崖を下りてくる音がしたからだ。

(犯人！)

たったいま、俺たちを襲った奴らのひとりに違いない。カメみたいに首をのばした万介は、茂みから目を光らせた。ヘッピリ腰の男が、枝や根を頼りに下りてくる。

たしかオサムと呼ばれてたっけ……。呼んだ女の声は、きっと白木だ。でも男のほうは……俺の知ってる奴だろうか？

夕日の残照がうまい具合に、そいつの顔を照らし出した。

万介は愕然とした。

「才賀だ！」

百男兄貴の納骨のとき、挨拶したおぼえがある……ゴマ塩頭のおっさん講師。あいつが、なぜ、白木とつるんでいたというんだ？

だが、疑問を解く間はない。万介はいそいで顔を枯れ葉に埋めた。

崖を下りきった才賀治が、どうやらこちらへ近づいてくる気配だ……。

しばらく頭の中を真っ白にさせていた瑠々が、やっと正気を取り戻したのは、別荘の中だった。ロープで縛られ、縄尻はピアノの右足にくくりつけられているらしい。

その前にしゃがみこんだ白木は、もうさっきの獣じみた顔つきではない。

「お嬢さん……」と、彼女はそっと呼びかけた。

「困ったことになったわね……じき万介って子を彼が連れてくるけど……そしたらいっしょに死んでもらわなくては……ね？」

「なぜ……」

やっと声が出た。

「なぜ死ななきゃいけないの？」

「それはね。それはもちろん、お姉さんのしたことを、勘づいたからでしょ」

「わかった。私たちが、お姉さんのしたことを、勘づいたからでしょ」


瑠々がぴしゃりといった。

「あら、お嬢さん強いのね」

本気で相手は感心しているみたいだ。無人の別荘地で、少しくらい悲鳴をあげても、助けにくる者はない。そう思って、余裕があるのだろう。

瑠々は必死に虚勢を張っていた。少しでも気がゆるめば、おなかの底からガタガタ震えがきそうな予感があった。こんな人たちに、万介くんや私を、どうかされてたまるものか……その思いが瑠々を奮い立たせている。

「私が聞きたいのはなぜあなたが、私のパパを殺したか、そのことよ！」

「……早川先生はね」

白木が淡々といった。まるでテレビドラマのナレーションみたいだと、瑠々は思った。

「定光寺先生と私のことを嗅ぎつけたの」

「……」

やはりそうか。納得するものがあった。彼女が定光寺と男女のかかわりを持っていることは、万介が想像した通りだ。〝あの人〟が狙っていたのは百男おじさんじゃなかった……アリス大賞をもらったばかりの新参の名士でしかないおじさんより、文芸評論家としてとうに一家を成している定光寺勤のほうが、ターゲットにふさわしい。そう思っていたんだ……むろん〝あの人〟だって、ママをほかの男にとられるのは嫌だったろう。それはそれで解決したかったに違いない。でも醜聞専門のカメラマンとしては、定光寺先生のほうにウェイトを置いていたのだ。

「硬派の定光寺先生に、スキャンダルは似合わないわ。私は先生を守るために、あなたのパパを始末しようと思ったの。北里先生と早川カメラマンをこの家で鉢合わせさせる。それが私の最初の計画だった」

「でも〝あの人〟を殺したのは、百男おじさんじゃないわね？　あなたなんでしょう」

「ああ……」

白木がかすかに笑った。「そうね。あなたにせよ、万介さんにせよ、その場のデータの持ち合わせがないんだから、本当のところがわからないわね。あなたのパパを殺したのは、定光寺章子なの」

はじめて瑠々の全身が震えた。

「うそ」

「真相なの、それが……おかげで私の計画は狂いっ放しよ。予定通りなら早川カメラマンは章子さんを犯す。あわよくば殺す。それで私と定光寺先生の仲を割く者が、まずひとり滅る。そこへ北里先生があらわれる。ふたりの争いになる。どっちが勝ってどっちが負けてもいいのよ。争う理由ははっきりしてるし、勝負がどうついても、早川が社会的に葬られることは間違いないから。これで私たちにとっての邪魔者が消える」

「……」

「実際に早川は、定光寺先生の奥さんを抱こうとした。そこまでは私が考えた通りだったわ。さんざ焚きつけておいたんだもの。奥さんは、長いこと定光寺先生に相手にされていないから、きっと男に飢えてますよ……ごめんね、お嬢さん。剥き出しな言葉を使って」

「でもその言葉に煽られて、〝あの人〟は定光寺先生の奥さんに……ああ、それで反撃されたのか」

「反撃？　たぶんそうでしょうね。そのとき私は、早川と北里先生が鉢合わせした結果を知ろうと、小屋に隠れていたわ。出張の帰りに回り道したの。でもだいたいの想像はつく。奥さんが早川を突き飛ばした……フローリングの床で足を滑らせたカメラマンは、ベッドの柱で頭を打った」

「それで〝あの人〟は死んだわけ」瑠々がふっと力を抜いた。

「〝あの人〟ってね、いざとなるときっとドジ踏むの。そんな人だった……威張ってばかりいたの、コンプレックスの固まりだったからよ。ママ、そういってた」

「お嬢さんにそこまで分析されてしまっては、父親も立つ瀬ないわね。とにかく予想と逆転して、北里先生がここへきたときには、早川は死んでたし、その前で定光寺先生の奥さんがボーッとなっていたの。そのあたりから、実際に私が見たことなのよ」

「覗き見した？」

「ううん、そうじゃない。私だって意外な結果にあわてたもの。庭から飛びこんだわ。北里先生も章子夫人も、どうしたらいいか茫然としている。おかげでなぜ私が、都合よくその場に居合わせたか、ふたりとも咎めやしなかった。私は言葉を尽くして、定光寺先生の名誉を守ろうとふたりにもちかけたの。早川カメラマンの死体を埋めましょうと提案したわ。強引にふたりを誘って、小屋の裏の工事跡を掘った。でも北里先生には、つぎのスケジュールがあったの。〝こどもの村〟へ行く用件がおありだった。だけどぎりぎりまで、穴掘りの手伝いをしてもらった。先生はじめは迷ってらしたけど、いざ腹をきめたら役に立ったな……あんなにまめに働く先生とは知らなかった」

「……兄貴は、穴を掘るためにだけ駆り出されたのか？」

怒りに満ちた声が湧き、白木がはっと体を浮かせた。

「万介くん！」

体を起こそうとした瑠々は、顔をしかめた。重いピアノが動くはずはない。後ろに回された手首の縄がきゅっと締まっただけだ。

庭からはいってはすぐみつかると思ったのか、万介は玄関から登場した。だがその顔はひどいものだった。瑠々は、お化けケヤキからダイビングした日の万介を思い出した。おでこから流れ落ちる血で、左目は使い物にならないらしい。鼻と口からも赤いものを滴らせ、髪には枝や枯れ草が簪《かんざし》のように生え、ウィンドブレーカーにかぎ裂きが少なくとも三箇所は走っていた。

「……つまり兄貴は、ダシにされたのか。あんたらのスキャンダルをもみ消すため、徹頭徹尾利用されただけかよ！」

「……」

とっさに白木は、身動きできない瑠々を楯にしていた。彼女がそうするだろうということは、万介も考えていたに違いない。だから不意を打つつもりで、機会を狙っていたのだろうが――あまりに身勝手な動機を聞いて、たまりかねて出てきたとみえる。

「よく生きてたのね。あの男はどうした」

「谷間でのびてる。逃げられないよう、ふん縛ってやった……油断するからだよ。気絶してるふりの俺に手をのばしやがって。足首摑んで引っ繰り返したらボコッて音がした。あっさりのびてやがんの」

まだ興奮が冷めないのか、荒々しくペッと唾を吐いた。赤いものがまじっていた。

「万介くん！」

少女の声に、やっと少年は少しだけ笑った。

「俺、高いところから落ちるの慣れてるもんな。今度は上手に落ちるといっただろ？　約束したじゃないか」

ふいに面を取り替えたように、こわばった顔になって白木に詰め寄った。

「……なあ、教えてくれ」

「なにをよ」

唾液が不足してきたのか、白木は喘《あえ》いでいた。

「兄貴の受賞だよ……あんたと定光寺は、はじめから計画していたのか？　早川カメラマンの狙いを自分たちから逸らすために、兄貴を有名にしようとした……アリス大賞に選んだ……そうじゃなかったのかよ？」

白木は無表情のまま、いった。

「もしそうだったら……どうするつもり」

「殺す」

ぎりっと音がしたのは、万介の歯噛みだ。

その声の容赦なさに、瑠々までもが戦慄した。

「お前を……定光寺を……殺すぞ」

「そんなことが、あなたにできて？」

「できるさ」

一歩前進した万介にむかって、白木はナイフをひけらかした。

「これ、わかって？　あなたの兄さんを刺したのと、おなじ品物よ。こんな女の子の喉くらい、ただ一息で掻《か》き切ることができるわ」

「畜生」

恋人の顔を見上げて、瑠々はこわいと思った。血管が額に浮き上がっている。少年は——瑠々が大好きな万介は、ほとんど野犬の形相を呈していた。

「ナイフを捨てろ」

「いやよ」

「捨てなきゃ……」

「どうするというの」

白木が笑い、瑠々が叫んだ。

「やっちゃえ、万介！」

「よけいなことをいうんじゃない！」白木が怒鳴った。

「私なんか、いいんだ。万介の兄さんを殺したのは、この人なのよ！」

「私は殺していない。殺したのは、あの男だよ。あのどうしようもない役立たずの才賀治よ。北里先生とは塾の同僚で……昔の私の亭主」

「えっ」

　万介はショックを受けていた。

「じゃあ秋山墓地にいるあんたの子の」

「ユミちゃんを知ってたの！」白木が犯人から母親の声に変化した。

「そうよ。あの子の父親なの。酒乱で焼き餅やきで男のヒステリー。泣きだしたユミの顔に、枕を押しつけて殺した男よ」

「……」

　万介も言葉を失ったようだ。

　そんな男が、受験塾の講師なのかよ、おい。

「年寄りの母親がまだ生きていてね……泣きつかれて事故ということにしてやった……おかげでユミちゃん、いまでもしょっちゅう夢に出てくるのよ。七ヵ月の赤ちゃんなのに、夢の中では口がきけるの……ママ、おうちに帰りたいって……だから私は、あいつをこの件に引きずり込んでやった。手伝わなければ、殺人の罪をばらすってね」

「本当に、兄貴を刺したのは、あいつなのか」

「もちろんよ。あの日、万一の用心に治にいいつけて、〝こどもの村〟で待ち合わせさせた。早川カメラマンと鉢合わせした結果によっては、北里先生を犯人に仕立てなきゃならないから……動かないで」

　ふたたび万介の目がつり上がってきたのだ。ナイフを閃《ひらめ》かせて、白木はつづけた。

「才賀はねえ、理事長の指示であのアトラクションのシナリオを書いてたの。それで私が知恵をつけてやったわ。どうも面白くならない。アリス大賞をもらった北里先生に手直しをたのみなさいとね。応援を頼んだなんてみっともないから、だれにも内緒で現場にきてもらえ……〝こどもの村〟の関係者だから、才賀がカードキーを持っているのは当然でしょう」

「ナイフは」

「通販で手に入れてもらったわ。私から北里先生にお願いして……まさか自分を殺す凶器になるとは、先生夢にも思わなかったでしょうね。そのときついでに、もう一本スペアを買っておいてもらったの。それが、これ」

「やめろ！」

　万介が叫んだ。瑠々の喉に赤い筋が走り、そこから血の泡が吹き出した。まるでルビーのように鮮烈な赤だ。それでも瑠々は、ぎゅっと唇を嚙みしめて悲鳴を漏らさなかった。

「可愛い子ね。それに強いわ」白木も感心したようだ。

「私にもこんなころがあったのかしら」

　ごくみじかい間、白木の思いは二十年近い昔に飛んだようだ。すぐ我に返って、

「そこにロープがあるでしょう？　それで、自分の両足を縛ってくれない。その縄をピアノの足にくくりつけるの。いくらあなたが豪傑でも、ピアノを引きずっては追ってこられないでしょ」

「……それからどうするんだ」

少女の喉の血を見て、万介はひどく素直になっていた。彼がロープで縛る様子を、ていねいに観察していた白木が笑った。

「さあ、その後は……あなたにできるかしら」

「なんだと」

「きっとできるわね。瑠々ちゃんのためだもの」

瑠々が身悶《みもだ》えした。

「こんな人のいうこと、聞かないで！」

万介が気弱な笑みを見せた——

「そうはゆかない」

「もう白旗をあげたんですものね」

「勝手に思ってろ。それからどうしろというんだ」

「思いっきり、自分の頭をピアノにぶつけなさい」

「な……なんだあ？」

「自分で自分の頭をたたきつけるのよ。あなたの頭、まさかピアノより固くないわね？」

「やめて！」

瑠々が叫ぶと、白木がその口にハンカチをねじ込んだ。

「いい子だから、おとなしくしていて」

「俺の頭にひびがはいればいいというのか」

「無理してひびを入れることはないのよ。ほんのしばらく時間がほしいの。約束する。絶対にあなたやこの子を、どうかするつもりなんて、ない。……崖を下りて才賀を殺して、彼の車で逃げだすまで、あなたにボヤッとしててもらうためよ」

「才賀を殺す？　なぜ……」

「少しでも定光寺先生に迷惑をかけたくない。私は車ごと落ちて死ぬけど、あんな男が生きてたら、先生についてなにをいいだすかしれやしない」

「定光寺はどうなるんだ？」

「万介くん。それからお嬢さん。いっとくけど、定光寺先生は今度のことはなにも知らない。みんな私ひとりがやったことなの。先生と幸せになりたかった、先生の子供を生みたかった、それだけ。……そうだわ、忘れていた。万介くんに聞きたいことがある」

「なんだよ」

ロープの端をピアノの左足に巻き付けていた手を、万介は止めた。

「いちばんはじめに、なぜ私に目をつけたのかってこと」

「そんなことか」

面白くもないというように、万介は肩をゆすった。

「兄貴の遺稿を整理したら、童謡じゃなく小説みたいな下書きが出てきたんだ。『時は逝く』ってタイトルの。中途で話は切れてたけど、そのおしまいの部分が兄貴の遺書そのままじゃないか。『永遠に肉体を喪失した俺に、後戻りはできない。どんなにあがいても〝ひとりで死んでゆくほかはない。さよなら、俺の家族たち。さよなら、俺の世界。さよなら、なにもかも〟』……兄貴が原稿を渡した相手はあんただ。しかもあんたはワープロを使うなと、釘を刺していた。兄貴に小説を書かせた理由……臨死体験をモチーフにさせた理由……それはみんな、兄貴の原稿のどこかを遺書に使いたいからなのかと、そのとき俺はカーッとなったぜ」

「そういうことだったの……」

白木も得心したようだ。「童謡のときは、添削した原稿をそのまま見せてくださるのに……あのときは小説だったから、じっくり下書きなさったのね」

「兄貴は詩だろうと小説だろうと、いつも真剣勝負をしていた。その大事な作品を、自殺に見せかけるトリックに使ったんだ。俺があんたを殺すといって、どこが悪い？」

「悪くないわ、ちっとも」白木はこくこくと首をふった。

「だから私は、これから死にに行くの。さ、万介くん。あなたがお嬢さんを好きなら、掛け値なしに頭をぶつけてごらん。できる？」

ハンカチの下から不明瞭な声をあげた瑠々に、万介が笑ってみせた。

「ほんじゃま、愛の力でどかんとやるぜ……見てろよ、ふたりとも」

ぐっと体を大きくそらした。

ひと呼吸後、少年は全力で頭をぶつけるだろう。瑠々は思わず目を閉じてしまった。だからその寸前に、なにかが白木にぶつかってきた瞬間を、少女は目撃していない。

「あっ」

という声が、白木の口から絞り出された。

嵐のように飛びかかったのは、詩織であった。

「美山さん！」

万介が叫んだ。

「いいタイミング！」

まさに一秒を争う勝負だった。万介のケイタイにかけてきたのは――ふたりを追って軽井沢まできていた詩織だった。急を聞いて別荘へ駆けつけた彼女は、ナイフの切っ先が瑠々の喉からいつ離れるか、それだけをいまかいまかと息を呑んで待ち構えていたのである。

万介はいそいでロープをほどきはじめた。

あわてなくとも、女同士の争いは、とっくに勝負がついていた。若さで勝る詩織が、日頃の真面目一方の姿をかなぐり捨て、渾身《こんしん》の力で白木を圧倒し去ったのだ。いや、圧倒どころの騒ぎではない。最初の一撃でナイフを吹き飛ばされた白木は、まったく闘志を失っていた。それなのに詩織は、かさにかかって殴りつづけた。

「返せ！」

切れ切れにそんな声が聞こえた。「返してよ、北里先生を！　たったいま、ここに返してちょうだい！」

万介も——縛《いまし》めから解放された瑠々も——詩織の凄《すさ》まじい剣幕に、手のほどこしようがなかった。あの冷静な詩織、童心を語った詩織、百男を慕いつづけた詩織が、いま一転して鬼になっている。彼女は泣きながらわめき、わめきながら泣いた。

「あんたなんか！　こうしてやる、こうしてやる、こうしてやるっ」

ごん、ごん、ごんとピアノが鳴った。

詩織が無抵抗になった白木の額を、ピアノにたたきつけているのだ。

犯人の眉間からひと筋の血が垂れるのを見て、万介はあわてて詩織を止めた。

「やめろ、美山さん……あなたが人殺しになってしまう！」

瑠々も手伝って、ようやく女ふたりを引き離すことができた。

ハアッ、ハアッ、ハアッと、まだ詩織は肩で息をしていた。瑠々が、猿轡《さるぐつわ》にされていたハンカチを白木の額にあててやると、狡猾で純情な犯人はうっすらと目を開けた。

「いいのよ、ほっといて。この程度のことで償える罪じゃないんだから……」

目に見えないものに引かれるように、また両の瞼が閉じてゆく。だが、すぐ痙攣《けいれん》するように目が開いた。

「万介さん……」

「なんだよ」

ぶすっとして少年が答えると、白木がほのかに顔をゆるませた。

「さっきの話ね……定光寺先生は本当に北里先生を認めたのかってこと……安心していいわ。先生、私にしみじみおっしゃったもの。時代が変わっても……童心の作家は、必ず世に出るものだねえって……」

それっきり疲れ切ったように、白木は動かなくなってしまった。とっくに日は落ちて、あたりは夜の色が濃い。はやばやとのぼった月が、惜しげもなく光を窓からふりまいて、ピアノの鍵盤を象牙色に光らせている。

静かになった犯人の表情に、安堵《あんど》と諦めの色がたゆたっていたと思うのは、それだけ万介や瑠々が若い——甘いということであろうか。

真実、諦メ、タダヒトリ、
真実一路ノ旅ヲユク。
真実一路ノ旅ナレド、
真実、鈴フリ、思ヒ出ス。

第十章　巡　礼――エピローグにかえて

秋山墓地におちる人の影が、心なしか僅かばかり短くなった。空の色がひと刷毛淡くなり、肌をなぶる風が温かみを増すころ、墓地には珍しい光景が見られた。

小学生から中学生くらいの年頃だろう。男女まぜこぜ、着ている服もまちまちな子供が十人ほど、百男の墓の前にならんだのだ。

右横には、大まじめな顔つきで万介と瑠々が立っており、左側には千三と兎弥子が肩をならべていた。

「……いい？　はいっ」

少年少女にむかって、詩織が短い枝を持った手をかざす。それがタクトのつもりらしい。蕾をつけた枝が一閃すると、十人の口から滑らかに百男の作詩したイメージソングが流れ出た。みんな百男が指導していた栄林学習塾の生徒たちだ。

春浅い一日も彼岸が間近とあって、三々五々生花や手桶を持つ人々で、墓地はそれなりの賑わいを見せている。が、なんといってもお年寄りが多い。聞き慣れない歌を聞いて、てんでに腰をのばし補聴器をいじって、少年少女のコーラスに耳をすます。

だれからともなく微笑みあって、だが大半の墓参者は、その歌の正体を知らない。

「なんですかの、あの歌は」

「さあ……よその国の歌は縁がありませんでのう」

中には耳をそばだてる若夫婦もいて、

「あれって、ほら。平成の白秋って人が作ったんじゃない？」

「ああ、あの……殺された人だな」

「惜しいことしたわねえ」

「生きていれば、いつまでも歌われる童謡を書いただろうに」

「そうすれば、キミだっていつか歌えたのに。ね」

ベビーカーの中で眠りこけた赤ん坊の頰を、チョンとつつく。

歌は秘密に鎧《よろ》われた人の心を溶かすのだろうか。

百男作詞の童謡に耳を傾けながら、千三と兎弥子は、声にならない――百男以外のだれにも聞こえない――会話を交わしていた。

(兄貴は知っていたと思うよ、兎弥子さん)

(私もそう思うわ、千三さん)

(知っていながら、兄貴はあなたを好きだった……生涯かけて愛していた)

(だから百男さんは、自分が的になって、わざと俊次に姿を見せつけた)

(平成の白秋といわれた兄貴だもの。隣家の夫人と噂になれば、だれだって『桐の花』事件を連想する……そのおかげで、兎弥子さんとぼくは、ずっと安全地帯にいられたんだ。でもこれからは)

(ええ、これからは……)

(俺たちの関係を清算しようというんじゃない。そんなこと兄貴だって考えていないはずだ)

(ただあの子たちに)

兎弥子の視線は、少年少女を飛び越して、瑠々と万介のふたりにむかう。

(……そう、万介たちに、胸を張っていえるような)

(そんな私たちふたりに)

(なりたいと思う。いつか、きっと)

万介も瑠々も、肉親の秘密を知る由もない。頬をつけんばかりにしてささやきあっていた。

「美山さん、元気そうだね」

「よかったわ」

「早く兄貴を吹っ切ってほしいよな」

「ね、万介」

「なんだ」

「この後で、白木ユミちゃんのお墓にもお参りしよう」

「ああ、もちろん。俺もそのつもりで、蠟燭《ろうそく》と線香、用意してきた」

「お花はどうする」

「いけねえ……兄貴の花あまりそうだから、少し回してもらおうか」

「おじさん怒らない？」

「怒らない、怒らない。ほら……」

「え？」

青空を見上げた万介が、軽い調子でいった。

「兄貴、そこにいるんだろ？　小説に書いた通り、空を散歩してるんだろ？　だったら賛成するよな。俺を殺した犯人の子供だなんて、よその大人みたいにケチなこといわないよな？」

それからけろりとして、瑠々に笑いかけた。

「いいってさ。じゃんじゃんあげちゃえってさ」

「よかった」

その間に、詩織が指揮する曲目が変わっていた。

「白秋だよ」

と、瑠々。

「知ってるでしょ」

「バカにするな」

と、万介。

それはそうだろう……歌いはじめたのは、老いも若きもふくめて、墓参者のだれもが口ずさんだはずの『この道』であったから。

瑠々をはじめとして、万介も、千三も、兎弥子も、いつかみんなが声をそろえて歌い上げていた。

この道は　いつかきた道
ああ　そうだよ
あかしやの花が　咲いてる

あとがき

あとがきといっても脱稿した直後ではなく、四半世紀のち文庫化に際して書いているのだから、世紀をまたぐ超あとがきであります（こんなときの形容ってあるんですかね）。当然、書いたころの苦労話だの脱稿したときの喜びなんて書けっこない、そもそもなにを書いたかさえ忘れていました。

ま、そのおかげで作者ではなく読者として、この一作をわりに面白く読むことができました、本当です。

必要以上にひねってないから、ミステリフリークや白秋ファンでなくても、素直に読めるのではないでしょうか。

もちろんぼくが書いた本人に違いないので、読み直すといかにもぼくらしい（当たり前だ）主張が出てきます。子供は未完成の大人ではない、その時点で完成された子供なのだ、という台詞《せりふ》など正にソレです。

現在のぼくは賞味期限切れの大人、あるいは経年劣化した大人、要するに後期高齢者の生き残りでしかありませんが、老朽化していながら本人の持論そのものに変わりないので、主演する幼い探偵コンビをいとおしく読んだのが本音なのです。

小生意気だが純真でいつも背伸びしているが、たまに疲れて踵《かかと》を地べたに下ろしている。そんな万介や瑠々は、ぼくが夢想する少年少女の典型だと思います。

彼と彼女が危機に陥るクライマックスは高級別荘地軽井沢。ローカル鉄道やひなびた温泉宿をうろつく拙作の舞台としては、地価がもっとも高い部類です。たとえシーズンオフで人気がなくても清潔で、酔どれのおっさんの馬鹿笑いなんて決して聞こえてきません。

名古屋の盛り場で生まれ育ったぼくですが、娘たちが小学生のころの一時期、軽井沢の唐松台に別荘を構えたことがあります。礫岩《れきがん》の門柱やホタルブクロの知識はそのとき仕入れました。娘も思い出があるとみえ、先ごろマップで唐松台を調べたそうですが、もうそのときの別荘地は名前ごとなくなっていたと申します。

フィクションのありがたさで、拙作の中にはいまもちゃんと〝からまつガ丘〟の別荘地が存在しています。ついでにお断りしますが、子供の村はまったくのフィクションです。ぼく自身この種の施設が好きなので、ほっておくと紙上にいくつも、おなじような遊園地を建設する癖があるのです。戦中育ちで子供の娯楽施設に飢えつづけた、ぼくの見果てぬワンダーランドなのでしょう。どうか大目にみてやってください。

それもこれもひっくるめて、読み返すほどに懐かしい（作者はいい気なもんですが）。あのころの軽井沢は脇にはいればどこも砂利道でした。雨上がりの水溜まりを遊弋《ゆうよく》するミズスマシをいっしょに観察した記憶があるのですが、今では徹底してムシに弱い娘にそんな話をしてやると「信じられない」とぼやいております。

令和の読者にはスマホが登場しなくて物足りないはずですが、つまりはそんな昔話と思ってお読みください。


物語の背景にはいつも白秋の歌声が、ときに近くときに遠く流れています。赤い鳥の詩情はぼくが奏でるミステリの不協和音を圧倒して、令和の世代にまで響くものがあると思います。時計台もからたちの花も知らない（ぼくだって知らない）若い人たちに読んでほしい。ひそかな旋律に心のどこかで共鳴してもらえたらと、老輩がためらいがちに差し出す一冊がこれです。

どうぞよろしくお願いいたします。

二〇二二年十一月十日

辻　真先

解説　辻真先ミステリーの「ふるさと」
～稚気を忘れぬ、童心の作家～

阿津川辰海
（小説家）

1

本書『赤い鳥、死んだ。』は、一九九七年に実業之日本社から刊行された作品の、実に二十五年越しの文庫化である。初めに結論を言い切ってしまえば、本書は、常に童心を忘れずに読者を楽しませ続けてきた作家、辻真先が持つ、ミステリーの魅力と物語の魅力が、遺憾なく発揮された傑作である。掛け値なしに、辻真先ミステリーの最重要作の一つと言える。それはひとえに、この作品が北原白秋を題材に取ったことによって、辻真先の子供への想《おも》いがストレートに現れたからだ。

これは、子供を馬鹿にする大人に抵抗するすべての子供たちと、かつて子供だった大人たちのための小説である。

2

二〇二〇年に刊行された辻真先による〈昭和ミステリ〉シリーズ第二弾『たかが殺人じゃないか　昭和24年の推理小説』（東京創元社）は、その年のミステリー系ランキングを総なめにした（『このミステリーがすごい！　２０２１年版』国内編第１位、「〈週刊文春〉２０２０ミステリーベスト10」国内部門第１位、「〈ハヤカワ・ミステリマガジン〉ミステリが読みたい！」国内篇第１位）。御年八十八歳（二〇二〇年当時）での快挙に勢いづいてか、各社から、膨大な辻真先ミステリーの名作・傑作たちの文庫化が相次いでいる。

創元推理文庫からは『思い出列車が駆けぬけてゆく　鉄道ミステリ傑作選』が刊行されたし（鉄道文化のショーケースとしても楽しめる逸品！）、徳間文庫からは日本推理作家協会賞受賞の名作『アリスの国の殺人』が新装版で復刊され（〈蟻巣〉の面々を描いた『ピーター・パンの殺人』『白雪姫の殺人』も傑作！）、更に双葉文庫からは『ルパン三世　小説版〈新装版〉』までもが復刊された（まさしく「モンキー・パンチ」の世界！）。

実業之日本社文庫での、文学を題材にした三部作の復刊もその流れに当たる。第一弾が島崎藤村を主題にした『夜明け前の殺人』、第二弾が宮沢賢治を主題にした『殺人の多い料理店』、そして第三弾が、北原白秋を題材にした『赤い鳥、死んだ。』というわけである。

3

『赤い鳥、死んだ。』は、「平成の白秋」に擬せられた詩人、北里百男の葬儀のシーンから幕を開ける。ここにも辻真先の小説ならではの仕掛けがあり、このシーンは、小説全体で言うと「第五章」にあたるのである。以降は、第〇章、第一章……と続いていくので、ここだけエピソードの配列が変えられているのだが、ここからもう辻真先の企《たくら》みは始まっている。なぜ次が「第〇章」とうたわれているのかも含めて、結末で膝を打つだろう。

この北里百男が、いかにして平成の白秋として評価されるに至ったか、という「事件前のドラマ」を第一章から第四章ではじっくりと展開し、本書の主人公たちである十五歳の少年・北里万介と、十一、二歳の少女・早川瑠々の姿を、辻真先は生き生きと描き出していく。北里百男の死の真相に迫ろうと奮闘する万介少年の姿や、「第七章　初恋」のエピソードで描かれた瑞々《みずみず》しい恋模様などが実に素晴らしい。

もちろんミステリーとしても、本書は一級品だ。北里百男の死だけでなく、いくつもの事件が複雑に絡んでくるのだが、錯綜《さくそう》した人間関係の中から意外な構図を導き出すその手さばきは、まさしく辻本格の魅力である。最後の最後まで気を抜けない、ツイストの魔術師のようだ。また、「百男は、なぜ至近距離から、体の正面を刺されたのか（抵抗しなかったのか）」など、脇を固める謎への解決も実に効いていて、少しずつ謎が解かれる過程も大きな見どころになっている。

4

ここで、本書の魅力により深く迫るために、本書の題材となっている北原白秋について掘り下げておこう。

白秋は「言葉の魔術師」とも言われる詩人であり、童謡作家である。木下杢太郎を介して明治時代末期の芸術運動の場となった「パンの会」に参加し（この「パンの会」については、近年、宮内悠介が『かくして彼女は宴で語る　明治耽美派推理帖』〈幻冬舎〉で詳細かつ生き生きと描き出した）、鈴木三重吉の勧めにより『赤い鳥』では童謡の欄を担当。「あめふり」「待ちぼうけ」「雨」「からたちの花」など誰もが知る童謡の作者である。

だが、ミステリー好きにとっては何よりも、歌集『まざあ・ぐうす』の翻訳者として有名だろう。北原白秋の童謡が持つ、言葉のイメージの喚起力や、子供の残酷さも描いたような歌詞（「金魚」など）が興趣をそそってか、日本のミステリーにおいては、北原白秋は「見立て殺人」のイメージに多用される。アガサ・クリスティーやヴァン・ダインにとっての『マザー・グース』が、日本では北原白秋に当たるのだ。

具体例を挙げれば、その「金魚」を題材にした山田正紀『灰色の柩　放浪探偵・呪師霊太郎』（祥伝社文庫、旧題『金魚の眼が光る』）、同じく「金魚」や初期詩集の『邪宗門』などを題材にした吉村達也『邪宗門の惨劇』（角川ホラー文庫）、白秋の童謡「雨」や、西條八十の「かなりや」を見立て殺人の題材とした綾辻行人『霧越邸殺人事件〈完全改訂版〉』（角川文庫）などである。

それらの作品群と比べて、辻真先『赤い鳥、死んだ。』では、北原白秋そのものを題材にしていることが一つの特色と言えるが、「見立て」の要素はないかといえば、そうではない。各章の冒頭に掲げられた、北原白秋の詩・童謡からの引用が、その章の内容と響き合っていることからもそれは明らかだし、この作品ではむしろ、北里百男という登場人物の人生そのものが、北原白秋の人生に「見立て」られているといっていい。まさしく、北原白秋を題材にした作品群の、ある種の頂点と言える作品なのだ。

5

前項で挙げた、北原白秋の描いた「子供の残酷さ」について、本書では次のような箇所がある。北里百男が、テレビに出演して持論を述べるシーンだ。

〝子供が本来無邪気なもの、無害なものと考えることこそ、子供を馬鹿にしている。管理して骨抜きにして手触りをよくした人工的な子供は、死体も同然だ。残酷、狡猾、破壊、数多くのマイナス面を持っているのが、自然な子供なのだ。それさえ生命力の要因にとりこむほどの逞しさがあってこそ、次の時代を創ることができる、と百男は主張した。

「子供は未完成な大人ではありません。子供は常に完成された子供なのです」〟（本書、132ページ）

この一節は後にフォローされる通り少し過激な意見にも思えるが、この真っすぐな言葉の中に、辻真先のミステリーが今なお瑞々しい青春の色を忘れない秘訣《ひけつ》があると私は考える。辻真先は、決して子供を馬鹿にしないし、侮らないのだ。だからこそ、子供たちはいつでも、辻作品を「これは僕たち／私たちのためのミステリーだ！」と発見することが出来、大人たちは、自分の中に未《いま》だ宿る「完成された子供」の部分を強く揺さぶられるのである。この『赤い鳥、死んだ。』は、童謡作家である北原白秋を題材に取ったことによって、辻真先の子供に対する想いが、ストレートに現れた傑作になっている。

最後になるが、私の辻作品への入り口は、はやみねかおるが解説を書いた『盗作・高校殺人事件』の創元推理文庫版だった。当時小学六年生である。こんなに面白いミステリーがあったのか、と子供心を揺さぶられ、夢中になって、『仮題・中学殺人事件』も『改訂・受験殺人事件』も立て続けに読破したのを覚えている。

その創元推理文庫『仮題・中学殺人事件』には、辻真先の変名「桂真佐喜」による「解説」が収録されている。その中に、〝テレビで制作演出した『ふしぎな少年』の、時間を止めるというアイデアが、上司にはわかってもらえず、子供たちが歓迎してくれた――という体験〟（同書、197ページ）について語られた一節がある。私は当時、「だからなのだ」と子供心に思ったのだ。「だからこの人は、こんなにも、私たちのための小説を書いてくれるんだ」と。

辻真先は、いつだって、稚気を忘れない。近年驚かされたのは、『にぎやかな落葉たち』（光文社文庫）で高齢者のグループホームを殺人の舞台に選んだことや、それこそ、『たかが殺人じゃないか』における、まるで果実から新鮮な果汁が滴るような瑞々しい恋愛描写だった。自分の身近な題材も、郷愁も、なんだってミステリーの舞台になる。おまけに、トリックも豪快なのだ。

これこそが、辻真先を「童心の作家」であると、解説の題で述べた理由だ。

しかしこの「童心の作家」というフレーズは、実は私の発明ではない。本書『赤い鳥、死んだ。』の中に登場するフレーズなのである。この「童心の作家」という言葉は、本書の主人公である北里万介が、最後の最後に直面する問いへの、鮮やかな答えなのだ。自身も「童心の作家」である辻真先が紡ぎ出したこのシーンの鮮烈な感動は、必ずや、読者の心を揺さぶるだろう。

蛇足ながら、辻真先作品にはまだまだ、『崩壊　地底密室の殺人』や『悪魔は天使である』、あるいは短編集『村でいちばんの首吊りの木』のように、未文庫化の傑作が数多くある。先述した〈蟻巣〉が登場するシリーズの一作『ピーター・パンの殺人』もそこに含まれる（ただ、仄聞したところ、同作品は刊行時期こそ未確定ながら、文庫化が予定されているらしい）。今回の、文学を題材にした三部作も実に嬉しい文庫化だったが、各社の復刊・文庫化の大波がどんどん続くことを祈って、筆をおく。

単行本　一九九七年一二月　実業之日本社刊

本作品はフィクションであり、実在の個人・団体などとは一切関係がありません。

実業之日本社文庫　好評既刊

荒崎一海
闇を斬る　龍尾一閃
ひとたび刀を抜けば、生か死か、それしかない──。国元をひそかに脱し、妻と江戸の裏店で暮らす武士の矜持を端正な筆致で描く、長編時代小説。
あ28 1

泉 ゆたか
春告げ桜　眠り医者ぐっすり庵
桜の宴の目玉イベントは京とお江戸のお茶対決!?　江戸郊外の高級料亭で奉公修業を始めることになった藍は店を盛り上げる宴の催しを考えるよう命じられて…。
い17 3

風野真知雄
月の光のために　大奥同心・村雨広の純心　新装版
大奥に渦巻く陰謀を剣豪同心が秘剣で斬る──新井白石の家臣・村雨広は、剣の腕を見込まれ大奥の警護役に。紀州藩主・徳川吉宗の黒い陰謀が襲い掛かる…！
か1 10

草凪優
初情《はつじょう》
わたしはね、特別にいやらしいの──発情してて何が悪いの？　名門大学の極悪サークルで、罠にはまった女の復讐と復活。官能エンターテインメントの傑作！
く6 11

こがらし輪音
さよなら、無慈悲な僕の女王。
謎の奇病に冒された若き女性と、彼女に恋し彼女との限られた時間を過ごす中で、生きる意味を知る青年。ふたりの切ない愛と絆に号泣必至のラブストーリー。
こ8 1

下村敦史
ヴィクトリアン・ホテル
百年の歴史にいったん幕を下ろす高級ホテル。最後の一夜に交錯する善意と悪意に一気読み＆二度読み必至の、エンターテインメントを極めたミステリー！
し10 1

辻 真先
赤い鳥、死んだ。
「平成の北原白秋」と称される詩人が急逝。警察は自殺と推定するが、兄は殺されたと疑う年の離れた弟が真相解明に乗り出し……（解説・阿津川辰海）
つ5 3

西村 健
バスへ誘《いざな》う男
路線バス旅のコーディネイターを始めた「私」は、客の依頼を受けて「小さな旅」をする中で「小さな謎」に出合う──人気シリーズ第二弾。（解説・西上心太）
に7 2

南 英男
禁断捜査
報道記者殺人事件を追え──警視庁捜査一課長直属の特務捜査員として、凶悪犯罪を単独で捜査する村瀬翔平。アウトロー刑事があぶりだす迷宮の真相とは!?
み7 28

実業之日本社文庫 つ53

赤《あか》い鳥《とり》、死《し》んだ。

2023年2月15日　初版第1刷発行

著　者　辻《つじ》 真先《まさき》

発行者　岩野裕一
発行所　株式会社実業之日本社
〒107-0062　東京都港区南青山5-4-30
emergence aoyama complex 3F
電話［編集］03(6809)0473［販売］03(6809)0495
ホームページ　https://www.j-n.co.jp/
ＤＴＰ　株式会社千秋社
印刷所　大日本印刷株式会社
製本所　大日本印刷株式会社

フォーマットデザイン　鈴木正道（Suzuki Design）

ISBN978-4-408-55789-2（第二文芸）